DO
TURN

ΑΝΤΑΠΟΚΡΙΣΗ

Ένα πρωί ξύπνησα με πολύ κέφι. Βγήκα στο μπαλκόνι του κήπου κι έριξα μιά ματιά στα δέντρα. Χωρίς να τό καταλάβω, άρχισα να τραγουδώ ένα παλιό ρεμπέτικο — άλλωστε έλειπε ή νοικοκυρά μου πού δεν της άρεζαν τα τραγούδια αυτά. «Κυρα-Ευδοκία, ποιός τραγουδάει;», άκουσα μιά αντρική φωνή απ' το αντικρυνό σπίτι πού τό έκρυβαν τα δέντρα του κήπου μας. «Θα είναι ό νιος γείτονας», απάντησε μιά γυναικεία μπάσα φωνή, το πρακτορείο της γειτονιάς. «Μωρέ, μπράβο του!», ξανάπε ό άντρας ευχαριστημένος. Μόλις σταμάτησα, άκουσα από αντικρυνά ένα βαρύ ζεϊμπέκικο στο κασετόφωνο. Πολύ τό ευφράνθηκα, κι ήθελα από μέσα μου να μή σταματούσε ποτέ. Μα τί κρίμα, γρήγορα σταμάτησε, και τότε σκέφτηκα να τραγουδήσω κάτι εγώ. Μεραμωμένος, έπιασα ένα τραγούδι της φυλακής. Μόλις τέλειωσα, ξανά τό κασετόφωνο του γείτονα. Αυτή τη φορά, έβαλε δυό τραγούδια, άπ' τα πιό σεβνταλίδικα. Άρχισα να ζεϊμπεκώνομαι. «Τώρα θά σοῦ δείξω ἐγώ», είπα μέσα μου, και μόλις

First page of *Reciprocation*, in the author's hand.

FOURTEEN SHORT STORIES

DINOS CHRISTIANOPOULOS

THE DOWNWARD TURN

TRANSLATED BY
MICHAEL VITOPOULOS

Natural Heritage/Natural History

Published by Natural Heritage/Natural History Inc.
P.O. Box 95, Station O, Toronto, Ontario M4A 2M8

© 1994 Dinos Christianopoulos and Michael Vitopoulos
All rights reserved

No portion of this book, with the exception of brief extracts for the purpose of literary review, may be reproduced in any form without the permission of the publisher.

Canadian Cataloguing in Publication Data

    Christianopoulos, Dinos
        The downward turn: fourteen short stories

    Text in English and Greek

    ISBN 0-920474-87-X

    I. Title

    PA5614.H69D6 1993   889' .3'34   C93-095281-2

Design by Norton Hamil Design
Greek input by Delta Art
Greek output by Burden-MacLean Inc.
English editing by Jane Gibson
Back cover photo by Andreas Sfyridhis

Natural Heritage/Natural History Inc. gratefully acknowledges the financial assistance of the Ontario Arts Council. The support of the Government of Ontario through the Ministry of Culture, Tourism and Recreation, and the assistance of The Canada Council are also acknowledged.

To the Greeks of the Diaspora

Περιεχόμενα

ΕΙΣΑΓΩΓΗ 9

Ο ΖΗΤΙΑΝΟΣ ΚΑΙ Η ΩΡΑΙΑ 20

ΤΟ ΑΝΑΡΡΙΧΗΤΙΚΟ 22

ΔΗΜΟΣΘΕΝΗΣ 36

ΙΠΠΟΚΛΕΙΔΗΣ 38

ΜΕΓΑΛΗ ΠΕΜΠΤΗ 42

Ο ΧΙΛΙΑΣΤΗΣ 44

ΒΙΟΙ ΠΑΡΑΛΛΗΛΟΙ 56

ΣΤΗ ΣΚΥΡΟ 66

ΚΑΘΗΓΗΤΗΣ ΘΡΗΣΚΕΥΤΙΚΩΝ 68

ΣΤΕΦΑΝ ΤΣΒΑΙΧ 74

ΚΛΕΙΤΟΣ 76

Ο ΥΠΟΛΟΧΑΓΟΣ 78

Ο Κ. ΓΑΡΥΦΑΛΛΟΣ 82

ΑΝΤΑΠΟΚΡΙΣΗ 94

Contents

INTRODUCTION 9

THE BEAUTY AND THE BEGGAR 21

THE CLIMBING PLANT 23

DEMOSTHENES 37

HIPPOCLEIDES 39

MAUNDY THURSDAY 43

THE MILLENARIAN 45

PARALLEL LIVES 57

IN SKYROS 67

TEACHER OF RELIGIOUS STUDIES 69

STEFAN ZWEIG 75

KLEITOS 77

THE LIEUTENANT 79

MISTER GARYFALLOS 83

RECIPROCATION 95

Introduction

DINOS CHRISTIANOPOULOS: THE MAN OF THE LONG RUN

My first acquaintance with the work of Dinos Christianopoulos was made sometime in the 70's, through an obscure reference to him in a record by D. Savvopoulos. I wanted to know why Dionysis mentioned his name in one of my favourite songs. Soon, during a visit to Greece, while indulging in my hobby of 'discovering' authors from Northern Greece in a bookstore, I came across an odd-sized book titled *The Downward Turn*. I asked for a paper-knife and, using a pile of books as a chair, read it then and there.

The themes of some of the stories, in particular homosexual experiences, were somewhat unusual, but the control of the structure, the quality of laconic expression, the humour and the realism of the work were amazing. I was taken by storm.

Years later, while teaching some of the fine points of structure control in the traditional short story to a class at York University in Toronto, I had the unfortunate idea of using as examples some of Christanopoulos' 'short shorts', I think it was Demosthenes and Maundy Thursday. Being conservative in these matters, I told the students that if any of them found the content of some of the stories offensive I had no intention to continue. None did, and indeed one of the students in her late 20's stood up and politely indicated to me that this was an advanced class in modern Greek literature and that she found my warning patronizing and unnecessary as we were all adults. I agreed with her and distributed the materials at the end of the class.

I soon regretted it, as the next six months were the most difficult of my life. Extreme right-wing newspapers started a campaign accusing me of treason and of corrupting the youth.

Pamphlets were distributed outside the Toronto Greek churches, and some of the priests gave fiery sermons in an effort to save the souls of the faithful from my influence. As if this were not enough, 'crusaders' made threatening anonymous telephone calls to my wife and even to my then five-year-old daughter, and several university officials were harassed for allowing me to teach. A few local radio-journalists even charged me with slandering the holy memory of Alexander the Great and nothing less than being responsible for the annexation of parts of Northern Greece by the Slavs.

In retrospect it sounds entertaining, yet be assured it was anything but. Only my students stood by me. They circulated a petition against what was happening, but I asked them to stop because I did not want them to get involved in my conflict, and also because I feared their reaction would exacerbate an already tense situation. The university officials refused to succumb to pressure.

In the midst of all this I felt that I wanted to know more about the man whose work was capable of provoking such an emotional public reaction. This is how my interest in the work of Dinos Christianopoulos took shape, and this book, the first in a series introducing Greek literature to Canadians and Canadian literature to Greeks, is a small token of respect for this spiritual beacon of Thessaloniki who stuck like an oyster on the body of literature for 43 years, selflessly continuing to pour his heart out to his readers. It is worth knowing him better.

Dinos Christianopoulos (born, raised and 'stubbornly' living in Thessaloniki) is not only one of the best Greek poets of the 20th century, but also an exceptional literary and art critic, essayist, researcher of folkloric art, translator and prose writer. This collection, the first of its kind published in the English language, contains some of the most characteristic short stories and prose he has written.

Biographical information regarding Christianopoulos is rather 'meager' as Kimon Friar said. However, contrary to what Friar alludes, this lack of information is not contrived, nor deliberately perpetrated, but simply a consequence of circumstance and of the author's consistent moral attitude. Christianopoulos is unparalleled in terms of confessional literary production, and in view of this any further digging into details of his past is unnecessary.

After all, one does not ask for the birth certificate of the man who, so willingly and readily, reveals to his reader his innermost soul. As well, Christianopoulos is a very modest person and rarely, if at all, speaks about himself, even when pressed to do so. In fact, any conversation with him is always kept to the point and one feels it unbecoming to interrupt the flow and pursue details of a personal nature.

Although this is pure speculation on my part, I am inclined to interpret this non-intentional avoidance as a left-over of Christianopoulos' earlier commitment to Christian morality. Be that as it may, thanks to Friar, we do know that:

He was born in Thessaloniki on March 3, 1931, the son of Yannis and Persephone Dhimitriou and two months later was baptized Constandinos. When he was one and a half years old however, he was adopted by Anastasios and Fani Dhimitriadhis, who chose this particular infant because of the similarity of surnames.
Journal of the Hellenic Diaspora Vol. 6, No. 1, p. 59

At the age of 14, he adopted the pen-name 'Christianopoulos' (i.e. son of Christ) likely because at this time he was a member of the Orthodox para-ecclesiastical organization, which dominated the life of the post World War II Greek youth. To be a 'Christianopoulo' was the aspiration of all children of Christianopoulos' generation.

He studied ancient Greek literature at the University of Thessaloniki and worked as a librarian with Vafopoulos from 1958 to 1964. In 1957 he created one of the most serious and successful literary journals ever to appear in Greece, *The Diagonal* (the diagonal is a square at the center of Thessaloniki which is formed by the intersection of Tsimiski street and P. Mela Street), and was its editor and publisher from 1957 to 1986. This avant garde journal was published for periods of 5 years with respites of 2 years. In its pages one can find significant early contributions on all aspects of literature, written by some of the, would-be, most important figures of Greek literature. Since 1962 he has been the director of the Diagonal Publications with over a hundred books to his credit, and since 1974 the director of the Diagonal Art Gallery, a permanent exhibition of painting, sculpture and

photography dedicated to the promotion of the work of talented young artists.

It is almost impossible to understand Christianopoulos' work if you disengage it from his by now legendary moral personality. Honest to the point of self-destruction and frank to the point of boldness, Christianopoulos has suffered a great deal of animosity and aggression from many directions. One cannot but admit that if it were not for his great talent and, more importantly, his strong character, he would have disappeared from the difficult Greek literary scene a long time ago.

He published his first book of poetry *Season of Lean Cows* in 1950 at only 19 years of age. In the austere and tormented post civil war Greek society the audacity of the youngster was a scandal. Immediately he was expelled from the Orthodox youth organization of which he was a select and devoted member. A relative of his who was assisting his studies financially withdrew the support and as a result the young artist found himself in abject poverty and at the same time the target of vicious attacks from the press. Immorality, corruption, perversion and disrespect were the charges against a teenager who, though as yet inexperienced in any form of eroticism, dared to poetically confess his turmoil in having to deal with an agonizing internal conflict between the realization of tendencies to 'sexual anomaly', and the inhibiting force of a strong moral fabric. In time the poet's answer to his persecutors was very direct and signified a personal coming to terms with the situation:

> "Woe to that man
>   by whom the offence cometh"
> so says the gospel
> and so say you
> "and if thine eye offend thee
>   pluck it out"
> so says the gospel
> and so say I
>   Trans. by K. Friar J.H.D. Vol. 6 No 1 p. 83

The serious students of Greek literature (e.g. Anagnostakis, Vrettakos, Argyriou etc.) were able to disregard the sociomoralistic

rhetoric and to recognize, underneath the surface influences of C. Cavafis and T. S. Eliot, the birth of a new, highly original and powerful poetic voice. Indeed Christianopoulos, in his next two publications, *Knees of Strangers* 1954 and *Defenseless Craving* 1960, progressively shed the influences, and focusing on his strengths, established a completely personal poetic style which, since then, has exercised considerable influence on Greek literature. No disguises and decors, no obscurities and mystifications, only laconic epigrammatic expression, nude realistic content and confessional mode, combined with sharp social dissective interventions, unexpected blendings of lyricism and humour and a non-didactic tender concern for whatever remains humane and naturally dramatic.

Fiercely independent and irreverent towards the golden calves of Greek literature, Christianopoulos refused from the very beginning to be patronized or to attach himself to any ideologies, political parties, lobbies or cliques. From time to time this attitude seemed to be forcing him to the margins of the main stream and there was a considerable price to be paid. He refused literary prizes, government grants and the support of groups (e.g. left-wing groups, gay associations etc.) and twice had his work confiscated by the civil and also the military police in 1952 and 1974 respectively. He accepted the consequences and went even further by not allowing the publication of his work in State-produced textbooks, and by restricting the selling of his books to very few selected book stores in order to avoid being accused of provocation.

Fads came and went, and slowly it became evident that Christianopoulos, this maverick of the Greek literary and social world with the strictly personal ironclad morality, was not a marginal eccentric but rather a true spiritual man of the long run.

It is impossible, in this short introduction, to discuss all aspects of Christianopoulos' work, therefore the focus will switch to those published in this book.

The fourteen pieces translated here span a time period of 36 years. Five of them (*Mister Garyfallos*, *The Millenarian*, *Teacher of Religious Studies*, *The Climbing Plant and Parallel Lives*) come from Christianopoulos' collection of short stories *The Downward Turn* published in 1963, though the version translated is from a

1991 publication. The next seven (*Hippocleides, Demosthenes, Kleitos, Stefan Zweig, The Beauty and the Beggar, Maundy Thursday* and *In Skyros*) come from the 1986 collection of short prose, *The Rebetes of the World* as rendered, once again, in their 1991 publication. The next piece *The Lieutenant* was published in the *Journal Entefktirion* in 1991 and finally *Reciprocation* is yet unpublished and was written in late 1992. I tend to think that *The Lieutenant* thematically belongs to the short stories of *The Downward Turn*, whereas *Reciprocation* is clearly akin to the short shorts of *The Rebetes of the World*.

Mister Garyfallos, written in 1956, is rather characteristic of the early erotic stories of Christianopoulos and also, I dare say, of his approach to the erotic in general. Christianopoulos considers the homosexual choice a deviation from the rule (see: Paratiritis No. 6-7, July 1988, p. 45), as a grief susceptible only to a personal moral accommodation. Exploitation, ridicule, loneliness and psychic traumas are usually the results of his heroes obsessive experiences. They constantly strive to come to terms with themselves while attempting, at the same time, to preserve intact the dignity of the human emotion; the dignity of love independently of the object of love. Mr. Garyfallos is the victim of one-sided love. Christianopoulos believes that love is always one sided: "one gets smashed and the other exploits... it starts as an equitable affair and it ends up as an unequal relation" (*Society & Life* No. 11, Autumn 1991, p. 21), and he gains the sympathy of the reader with his final moral stand.

Technically the story is one of traditional structure. The denouement works and the language is simple and to the point. The erotic content is handled with extreme delicacy and the only weak points, in my view, are: a) the author's insistence in two unnecessary descriptions of materials, and: b) a certain awkwardness in the dialogue at the moment of confrontation where the emotion overflows.

The Millenarian is another story with traditional structure. It belongs to a series of stories in which the author explores individuals of integral character and commitment to principles even if these principles are abhorrent to him. From a different perspective, this story is important because it exemplifies the author's

talent for social dissection and criticism. Written in 1963 *The Millenarian* caused quite a sensation and significant social distress to its author. In a sense it constitutes a picture of the mores of the time as seen through the eyes of an outsider.

The Teacher of Religious Studies written in 1968, is one of my favourite pieces. Christianopoulos himself appears to think of this story as less powerful than others. I find it admirable: first because it deals with a significant social problem, that of the treatment of the elderly; second because the development of the main character is masterful and third because of the unsurpassed humour of the author.

The Climbing Plant written in 1964 is significant because it affords us a clear view of the author's maturation process. In its original version, the title was *The Son of a Bitch*, the story is aggressive and personal, hence limited in spite of the author's satiric talent. In the 1991 version the story has become a humorous narrative of social criticism which is concerned with the dark side of literary circles and their detrimental affect on the body of literature.

Parallel Lives is similar to *The Climbing Plant* in terms of thematic focus. It too explores some negative aspects of the corporativism of literary circles. However, it goes well beyond this position and becomes a heart-warming inventive homage to a hero of the Revolution of 1821. Makrygiannis, in the second half of the 20th century, is considered as one of the fathers of contemporary Greek literature, though when he was alive he never had any literary aspirations.

These stories of Christianopoulos introduced a certain style of narrative which exercised significant influence on several important Greek authors (e.g. Ioannou, Sfyridhis). Through them the reader realizes the validity of the author's claim that prose and poetry are two independent parallel 'veins' in him, and that if the latter turned out to be more prolific than the former, so be it.

Much of the short prose of Christianopoulos aim at illustrating the meaning of the word 'rebetis' (plural 'rebetes'). The etymology of the word is highly contested (see: J. Taylor, *The International Fiction Reviews* Vol. 14, No. 1, 1987). Holst in her book *Road to Rembetica*, 1975, mentions that the Liddell & Scott dic-

tionary (7th edition) contains an explanation of an ancient Greek word (namely, REMVOMAI) which means to be unsteady, to act at random, which is as close as one can come to a formal etymological explanation.

The contemporary meaning is closer to that of being rebellious and not accepting societally imposed 'unnecessary' standards. Concern with the poetry and the music of the rebetes (i.e. with the rebetico song) has been a life long preoccupation of Christianopoulos who has written some of the best studies on the matter. According to him, 'rebetis' is not, as ordinarily thought, the tough guy with the big muscles who smokes hashish and disregards the law, but the simple person who has honour, dignity, taste and a stubborn commitment to personal freedom. In this sense, perhaps, Christianopoulos is the 'rebetis' par excellence of Greek literature. In any case, in much of his short prose he introduces a fascinating technique. He uses personae totally conformed to society as the ones who describe, negatively in their minds, the 'rebetes' that Christianopoulos admires. For instance, Alexander the Great is described by Demosthenes and Kafka by Zweig. In both cases the personalities of the 'rebetes' outshine those of their opponents and win over the reader.

In the prose selection, *Kleitos*, one can observe Christianopoulos moving away from the logical requirements of the narrative for the first time in 42 years. And this by itself is significant especially if it constitutes an experiment, an indication of things to come in the author's future publications.

In closing, I would like to raise and attempt to answer two questions that seem to have caused considerable confusion for literary critics. First, is Christianity an over determining element in the work of Christianopoulos?

It is very difficult to answer this question directly. Christianopoulos himself loudly voices his opposition to any attempt to characterize him as a Christian poet and writer. And yet self-knowledge does not really count for much in these cases. It all depends on the criteria applied. If the criterion is one of concrete references in his work, then certainly Christianity's role is minimal. Needless to say this judgement is restricted specifically to his work and does not extend to the author's personal beliefs, for neither I nor anyone else is in a position to really know these.

If, however, the criterion changes and becomes one of unconscious metaphysical commitment, or if you prefer one of ideological foundations, then Christianity is indeed playing a significant, though peculiar, role. Christianopoulos' hero, in most cases, is the suffering being who accepts his fate almost gladly, much like the Christian seeking salvation. The difference is, of course, that the salvation of Christianopoulos' heroes is anything but religious. It is expected and pursued in this world and usually takes the characteristics of reciprocation. Nevertheless things get a little more complicated when one enters the question of certainty, namely, is the sufferer really expecting the coming of this salvation or is his expectation simply a celebration of this lack, this deprivation seen as a constant of the human condition? If the former is the case, then Christianopoulos' work is Christian but unusual. If it is the latter then his work is firmly placed within the confines of existentialism.

Second, is Christianopoulos' work homosexual in inclination? The answer to this question is easy, definitely in the negative. Some of the author's experiences as reflected in his work may create the impression, however homosexuality is almost never presented as a 'legitimate' life style. It is a grief, as we said earlier, and it is one thing to celebrate some sparse moments of bodily happiness or even fulfilled passion, and quite a different one to promote an alternative life style. Perhaps it is precisely because Christianopoulos' work is not homosexual in orientation that it acquires this dramatic tone, difficult to hide even under the mask of satire or sarcasm.

Several of the short prose are either portraits or incidents highlighting the moral dignity of those whom mainstream society consider 'marginal' people (e.g. *Maundy Thursday*). They are all given with humour, exactitude and an easy flowing rhythmic language impossible to capture exactly in a translation. However, even if this translation succeeds in offering to English-speaking readers only a modicum of the enjoyment that Christianopoulos gives to his Greek-speaking ones, then this work would not be in vain.

Michael Vitopoulos

Δεκατέσσερις σύντομες ιστορίες

Fourteen Short Stories

Ο ζητιάνος και η ωραία

Στη Διαγώνιο, λίγο πιο πριν απ' το φωτογραφείο του Μισέλ, πολλές φορές όταν περνούσα έβλεπα ένα γέρο, λερό και λιγδιασμένο, που κάθονταν κατάχαμα στο πεζοδρόμιο και ζήταγε απ' τους περαστικούς βοήθεια. Οι νεαροί της Τσιμισκή, που έκαναν τη βόλτα τους ως το σημείο εκείνο, φαίνεται ότι ένιωθαν ενοχλημένοι απ' την παρουσία του - αν δεν του έριχναν καμιά δεκάρα, βλαστήμαγε μέσ' απ' τα δόντια του - κι έτσι τερμάτιζαν τη βόλτα τους στου Γκιγκιλίνη.

Ενα απομεσήμερο, καθώς περνούσα από κει, είδα μια ωραία κοπέλα, γύρω στα είκοσι πέντε, γνωστή καλλονή της Τσιμισκή, που στάθηκε μπροστά στο γέρο, του χαμογέλασε ανοιχτόκαρδα - με κάποια συγκατάβαση, είν' αλήθεια - κι ύστερα έσκυψε κοντά του, λύγισε τα γόνατα και, προσπαθώντας να μη λερωθεί, του πρότεινε απαλά το μάγουλό της. Ο γέρος, σα να ήξερε κι από άλλοτε, ζωήρεψε απότομα και άρχισε να τη φιλάει με βουλιμία, προσέχοντας κι αυτός μη την λερώσει. Τα μάτια του έλαμπαν από τη σπάνια ευτυχία. Υστερα από κάμποσα φιλήματα, η ωραία ανασηκώθηκε παραμερίζοντας το γέρο και, όπως σκούπιζε τα μάγουλά της με το μαντιλάκι της, του είπε με γλυκιά φωνή: «Εντάξει; Φτάνει τώρα. Αλλη φορά». Ο γέρος κάτι της ψιθύριζε σα να παραληρούσε, ενώ τα μάτια του είχαν γουρλώσει και τα σάλια του έτρεχαν. Η ωραία εξαφανίστηκε, και κάποιος είπε στους περίεργους που είχαν μαζευτεί, πως κι άλλοτε του έτυχε να δει το ίδιο περιστατικό με την κοπέλα και το γέρο.

«Αυτό θα πει ζητιάνος της αγάπης», σκέφτηκα μέσα μου και μελαγχόλησα: χρόνια πολλά ζητιάνευα κι εγώ ένα φιλί, κι όμως κανείς δε βρέθηκε να μ' ελεήσει.

The Beauty and the Beggar

Often as I strolled by Diagonios Square, just before Michel's photography studio, I would see a filthy grimy old man sitting down on the pavement asking passers-by for assistance. The young men of Tsimiski Street who were taking their promenade to that point seemed to be annoyed by his presence, because if they did not give him some drachmas he would swear from inside his teeth, so they would end their walk in front of Gigilini's place, short of the old man.

One afternoon as I was passing by, I saw a beautiful girl, around twenty-five, a well-known beauty of Tsimiski Street, standing in front of the old man, smiling at him warmly, although with some condescension, and then she leaned near him, bent her knees, and trying not to get dirty, softly put forward her cheek. The old man, as if he knew her from before, suddenly became animated and started kissing her lustily, also taking care so as not to dirty her. His eyes were shining from this rare happiness. After several kisses, she gently arose, pushing the old man aside, and while she was cleaning her cheeks with her little handkerchief, spoke to him in a sweet voice: "Okay; it is enough for now. Another time." The old man was whispering something to her as if in a delirium, while his eyes were goggling and his mouth salivated. The young maiden disappeared, and someone told the curious people gathered around that he had repeatedly seen the same incident with the girl and the old man.

"That's what a beggar of love is," I thought and became melancholic: for many years I too have begged for a kiss, and yet found no one to give me alms.

Το αναρριχητικό

Μας σύστησαν στο σπίτι του ζωγράφου Σαχίνη. Είχε ξανθά μαλλιά και χρυσό τσερτσεβέ στα γυαλιά του, και ήξερε όλες τις τσιριμόνιες που κάνουν μια γνωριμία αποτελεσματική.

- Κύριε Χριστιανόπουλε, χαίρομαι πάρα πολύ που σας γνώρισα. Εσείς δε με ξέρετε, βέβαια, αλλά εγώ σας ξέρω από τα βιβλία σας. Με γοητεύει αυτό το κράμα θρησκευτικότητας και σεξουαλισμού που χαρακτηρίζει την ποίησή σας.

Δεν είναι λίγο να σου μιλάει κολακευτικά ένας νέος, όταν μάλιστα και συ δεν έχεις καθιερωθεί ακόμα στη φιλολογική πιάτσα. Οι ευγενικοί του τρόποι και η διακριτική κουβέντα του δεν μ' άφησαν να υποπτευθώ το διπλάρωμα.

Ετσι γνωρίστηκα με τον Αντρέα Αγοραστό. Μόλις είχε τελειώσει το Αμερικανικό Κολλέγιο, όπου είχε κάνει μια ομιλία για τον Σεφέρη και μια για τον Ελιοτ. Διάβαζε με πάθος αγγλική και γαλλική λογοτεχνία, αγόραζε ξένα βιβλία και έγραφε μικρά πεζογραφήματα. Τα γραφτά του δεν ήταν ακόμα τίποτα σπουδαίο, έδειχναν όμως πως κάτι θα πετύχαινε με την επιμονή, αν τα μυαλά του δεν έπαιρναν αέρα.

Αφού γίναμε φίλοι, με παρακάλεσε να τον συστήσω σε μερικούς γνωστούς μου λογοτέχνες.

Τον πήγα πρώτα στου Ασλάνογλου. Ο Αγοραστός μπήκε με συστολή.

- Κύριε Ασλάνογλου, δεν μπορείτε να φανταστείτε πόσο μ' αρέσει η ποίησή σας. Σας παρακολουθώ από μικρός και ανυπομονώ πότε να εκδώσετε τα ποιήματά σας. Ποτέ δε θα ξεχάσω τι εντύπωση μου έκανε ο «Σταθμός Λιτοχώρου».

Τον πήγα στου Βαρβιτσιώτη. Ο Αγοραστός μπήκε με δέος.

- Κύριε Βαρβιτσιώτη, νιώθω πολύ συγκινημένος που σας γνώρισα. Είστε από τους λίγους ποιητές που θαυμάζω και εκτιμώ. Τα «Φύλλα ύπνου» τα έχω μάθει απέξω. Μάλιστα σχεδιάζω να γράψω κάτι για σας.

The Climbing Plant

We were introduced to each other in the home of the painter Sahines. He had blond hair, gold framed glasses and knew all the ceremonial behaviours required to take advantage of an acquaintance. "Mister Christianopoulos, I am very glad to meet you. You don't know me, of course, but I know you from your books. I am charmed by this mixture of religiosity and sexuality which characterizes your poetry."

It is not insignificant to be spoken of with flattering words by a young man. Especially when you are not yet established in the literary market. His polite mannerism and his discrete conversation did not allow me to suspect these solicitations.

Thus I met Andreas Agorastos. He had just graduated from the American College where he had already delivered a presentation on Seferis and one on Eliott. He was reading passionately both English and French literature, buying foreign books and writing short prose. His writings did not yet have anything significant, but they suggested that with perseverence he would achieve something, provided he did not develop a superiority complex.

After we became friends, he persisted in asking me to introduce him to a few acquaintances of mine that were literary men.

I took him first to Aslanoglou. Agorastos entered with timidity.

"Mister Aslanoglou, you cannot imagine how much I like your poetry. I have followed your work since my early youth and I am eagerly awaiting its publication. I will never forget the impression created in me by the *Station of Litohoro*."

I took him to Varvitsiotis'. Agorastos entered with awe.

"Mister Varvitsiotis, I feel deeply touched to have met you. You are one of the few poets that I admire and respect. *The Leaves of Sleep* I have learned by heart. In fact, I am planning to write something about you."

Επέμενε να τον πάω και στον Θέμελη. Μόλις μπήκε, έκανε κάτι σαν υπόκλιση.

- Κύριε Θέμελη, αυτή η μέρα είναι η μεγαλύτερη της ζωής μου. Δεν θέλω να σας κολακέψω αλλά για μένα είστε πολύ μεγάλος ποιητής. Και μάλιστα, από καιρό ετοιμάζω μια εκτενή μελέτη για σας.

Μέσα σε λίγες εβδομάδες είχε γνωρίσει όλους σχεδόν τους πιο αξιόλογους λογοτέχνες της Θεσσαλονίκης. Τους επισκέπτονταν στα σπίτια τους, δανείζονταν βιβλία από τη βιβλιοθήκη τους και τους παρουσίαζε διάφορες σημειώσεις που κρατούσε για το έργο τους.

Μια μέρα μου έφερε ένα μάτσο δακτυλογραφημένα χαρτιά.

- Είναι ένα πεζογράφημα που σκέφτομαι να τυπώσω. Διάβασέ το, αν δεν σου κάνει κόπο, και πες μου τη γνώμη σου. Πολλοί μου είπαν καλά λόγια αλλά μόνο στη δική σου γνώμη βασίζομαι.

Το διάβασα. Μιλούσε για ένα εφηβικό ταξίδι, που γίνεται σε μυθική εποχή, διανθισμένο με λυρικές περιγραφές νησιών, με παρεμβολές στίχων και ποιημάτων, και λογιώ λογιώ αποφθέγματα για τη χαρά της νιότης.

Σε λίγες μέρες ήρθε να το πάρει.

- Λοιπόν;

- Τι να σου πω; Είναι αρκετά καλό, αλλά όχι για δημοσίευση. Είσαι πολύ επηρεασμένος από τις λυρικές πρόζες του Ζιντ. Ξέρεις, δεν μου αρέσει το ποιητικό στοιχείο στην πεζογραφία. Αυτοί οι ύμνοι στις ωραίες ακρογιαλιές και τον ήλιο είναι για μένα πράγματα ξεπερασμένα. Και χώρια που πρέπει να διορθώσεις την κάπως πρόχειρη έκφρασή σου.

Εγινε Τούρκος. Μέσα σε μια στιγμή πήγαν περίπατο και φιλίες και τσιριμόνιες.

- Κύριε Χριστιανόπουλε, ήξερα βέβαια πως ήσασταν ελεεινό μούτρο αλλά ποτέ δεν φανταζόμουνα ότι είχατε μέσα σας τόση κακία. Κι όμως, αυτό που διαβάσατε ήταν ένα αριστούργημα, και θα το δείτε!

Εμεινα άναυδος. Τι σόι πράμα ήταν λοιπόν αυτός ο άνθρωπος, που τόσον καιρό μου έκανε το φίλο, και μόλις τόλμησα να του πω μια επιφύλαξη, όρμησε να με δαγκάσει.

Σε λίγο βγήκε το βιβλίο με ένα αθηναϊκό εξώφυλλο και ο Συρόπουλος του αφιέρωσε ολόκληρη τη βιτρίνα του, με μια τεράστια φωτογραφία του νεαρού συγγραφέα στη μέση. Αυτό δεν είχε

He insisted that I take him to Themelis too. When he entered he made something like a bow.

"Mister Themelis, this is the greatest day of my life. I do not want to flatter you but for me you are a great poet. Indeed, for some time I have been working on an extensive study of your work."

In a few weeks he had met almost all the most prominent literary men of Thessaloniki. He was visiting them in their houses, borrowing books from their libraries and showing them various notes that he was keeping on their work.

One day he brought me a pack of typed pages.

"It is a piece of prose that I am thinking of publishing. Read it, if it is not too much of a bother, and tell me your opinion. Many have complimented me on the work, but I only trust your opinion."

I read it. It was about an adolescent trip in a mythical era embroidered with lyric descriptions of islands, interjections of verses and poems and all kinds of sayings on the joy of youth.

In a few days he came to take it back.

"Well?"

"What can I tell you? It is quite good but not yet publishable. You are very much influenced by the lyric prose pieces of Gide. You know I don't like the poetic element in prose. Those eulogies about the beautiful seashores and the sun are, for me, things of the past. As well you should improve your somewhat rough expression."

He became livid. In a moment all the friendships and the ceremonial behaviours were swept aside.

"Mister Christianopoulos, I knew of course that you were a vile rascal, but I never imagined that you had so much wickedness inside you. What you read was a masterpiece and you will see that."

I was stunned. What sort of thing was this man who for such a long time was pretending to be my friend and when I dared to express some reservations he attacked me?

Shortly afterwards his book was published with a typical 'Athenian' cover and Syropoulos' bookstore devoted the entire shop window to it, with a huge picture of the young author in the midst. This had never happened before in our small city.

ξαναγίνει ποτέ στη μικρή μας πόλη. Ο Πεντζίκης δεν είχε αξιωθεί ποτέ του να χαρεί βιτρίνα, κι ο Δέλιος με πολλή δυσκολία τα κατάφερνε.

Ολοι σκανδαλίστηκαν και πολλά ψιθυρίστηκαν για τα κίνητρα του συμπαθητικού κατά τα άλλα βιβλιοπώλη. Οι πιο πολλοί είδαν αυτή την προπέτεια του Αγοραστού σα μια νεανική φιλοδοξία που γρήγορα θα του περνούσε. Κι άλλωστε, γιατί να μη δείχνονταν εφεκτικοί απέναντι στις βιασύνες του νεοσσού; Μήπως κινδύνευαν να χάσουν εξαιτίας του τη θέση τους ή μήπως κι αυτοί δεν θά 'καναν το ίδιο αν είχαν περισσότερο θάρρος και δεν κρατούσαν τα επαρχιακά προσχήματα; Και στο κάτω κάτω, ο Αγοραστός ήταν ένα σπάνιο παιδί, απ' το οποίο προσδοκούσαν το εγκώμιό τους.

Κοντά στη διαφήμιση ο Αγοραστός οργάνωσε και το πούλημα του βιβλίου του. Επεσε δίπλα σε όλους τους γνωστούς και τους φίλους, να του πουλήσουν από πέντε αντίτυπα. Ταυτόχρονα ο Δήμος, χάρη σε γνωριμίες του μπαμπά, του αγόρασε πενήντα αντίτυπα. Αλλα εκατό πήρε το Υπουργείο Παιδείας, με ενέργειες της αδελφής, που είχε πολλά σύρτα-φέρτα με την Αθήνα.

Μετά ήρθε η ώρα των αφιερώσεων. Ενα απόγευμα πήγε στον Ασλάνογλου.

- Αλέξη, δος μου τις διευθύνσεις των λογοτεχνών. Θέλω να στείλω το βιβλίο μου σε όλους.

Ο Ασλάνογλου του έδωσε τις διευθύνσεις και μάλιστα τον βοήθησε στο γράψιμο των φακέλων. Που και που έριχνε ματιές στις αφιερώσεις: «Στον εκλεκτό συγγραφέα και κριτικό Ι.Μ. Παναγιωτόπουλο, με μεγάλο θαυμασμό και εκτίμηση». «Στον μοναδικό πεζογράφο που με έθρεψε στα νιάτα μου Γιώργο Θεοτοκά». «Στον κορυφαίο λογοτέχνη μας και αθάνατο δημιουργό της "Ζωής εν τάφω" Στράτη Μυριβήλη». «Στον άφταστο συγγραφέα του "Νούμερου" Ηλία Βενέζη, μικρό αφιέρωμα μεγάλης λατρείας».

Ο Ασλάνογλου δεν βάσταξε.

- Τι αφιερώσεις είναι αυτές, βρε Αντρέα; Σοβαρά, εκτιμάς τον Παναγιωτόπουλο;

- Τον Παναγιωτόπουλο; Ας γελάσω. να δεις όμως πως θα με προσέξει μ' αυτή την αφιέρωση!

- Και τον Βενέζη;

- Αστείο πράμα. Τον γράφω στα παλιά μου τα παπούτσια.

Pentzikis had never succeeded in enjoying an entire shop window and Delios only with great difficulty, if ever.

Everybody was scandalized, and many rumours spread regarding the motives of the otherwise likeable bookstore owner. Most literary men saw this insolence of Agorastos as an expression of youthful ambition which soon would be overcome. Besides, why should they have been guarded towards the hastiness of the nestling? Were they likely to lose their position because of him, or wouldn't they themselves do the very same thing if they were not keeping the provincial pretences, and had they had more impudence? And in the final analysis, Agorastos was a rare boy from whom all expected some form of praise.

Together with the advertisement Agorastos organized the selling of his book. He accosted acquaintances and friends to sell five copies of his book each. At the same time the Municipal authorities, thanks to Dad's acquaintances, bought fifty copies. Another hundred copies were bought by the Ministry of Education after the necessary intervention of his sister who had many comings and goings with Athens.

Then came the time for inscriptions from the author. One afternoon he went to Aslanoglou's.

"Alexis, give me the addresses of all the literati. I want to send my book to all of them."

Aslanoglou gave him the addresses, in fact he even helped him with the writing of the envelopes. From time to time he was glancing at the dedications: "To the select author and critic I.M. Panagiotopoulos with great admiration and respect." "To the unique prose writer who nourished me in my youth Giorgos Theotokas." "To the coryphaeus literary man and immortal creator of the Life in Grave, Stratis Myrivilis." "To the unsurpassed author of the Number Elias Venezis, a small tribute of a great worship."

Aslanoglou couldn't take it any longer.

"What kind of dedications are these, Andrea, do you really respect Panagiotopoulos?"

"Panagiotopoulos? Let me laugh. You'll see though how he will notice me with this dedication."

"And Venezis?"

"That's silly. I snap my fingers at him."

- Και στην αφιέρωσή σου στον Σεφέρη γιατί αντέγραψες ολόκληρο ποίημά του;
- Αχ καημένε. Να δεις πως θα πέσει κι αυτός με την πρώτη!
- Και τι κερδίζεις με το να εκμαιεύσεις πέντε δέκα επαινετικά γράμματα;
- Να σου πω. Οχι πως δε με απασχόλησε η ηθική πλευρά του ζητήματος. Ομως πρέπει να το πάρουμε απόφαση: Εμείς οι νέοι αξίζουμε πάρα πολύ αλλά κανείς δεν είναι πρόθυμος να μας το αναγνωρίσει. Μονάχα έτσι θα πετύχουμε αυτό που δικαιούμαστε.

Ο Ασλάνογλου έφριξε. Μου τα διηγήθηκε το ίδιο βράδυ.
- Τα βλέπεις που σου τά 'λεγα; του είπα. Δεν είναι καλό κουμάσι, να μου το θυμηθείς. Μπορεί αργότερα να γράψει καλά πράματα, αλλά είναι χαλασμένη πάστα.
- Είσαι λιγάκι υπερβολικός. Τον δάγκασες και σε δάγκασε – αυτό είναι όλο. Βέβαια, και μένα δεν μου αρέσουν αυτά τα καμώματα, αλλά μήπως ζούμε σε κοινωνία αγγέλων; Στο κάτω κάτω είναι της γενιάς μας και πρέπει να τον βοηθήσω.
- Να τον βοηθήσεις αλλά δεν θα την αποφύγεις ούτε εσύ την κλοτσιά, όπως δεν την απέφυγε ο Φαίδων και τόσοι άλλοι...

Ο Ασλάνογλου πράγματι βοήθησε τον Αγοραστό σε πολλά. Εφτασε μάλιστα να του διοργανώσει και φιλολογικό βραδινό – πράγμα που είχε κάνει και για πολλούς άλλους « της γενιάς του». Μόνο που αυτό το βραδινό, αντί να γίνει στην άχαρη αίθουσα του γαλλικού Λυκείου, όπως τα άλλα, έγινε στο φουαγιέ της Εταιρείας Μακεδονικών Σπουδών. Το βραδινό είχε μεγάλη επιτυχία. Ηρθαν όλες οι θείες, τα ξαδέλφια, οι συμμαθητές από το Κολλέγιο, αρκετοί λογοτέχνες και μερικές γεροντοκόρες που δεν άφηναν διάλεξη για διάλεξη. Ο Ασλάνογλου έκανε μια θερμή εισήγηση – εγκώμιο για τα ταλέντα της γενιάς του – και ο νεαρός συγγραφέας, με παπιόν, διάβασε ένα μονόπρακτό του για τον απόστολο Παύλο.

Την άλλη μέρα οι εφημερίδες έγραψαν πολύ επαινετικά: η μαμά είχε βάλει σ' ενέργεια όλες τις γνωριμίες της.

Εν τω μεταξύ οι θερμές αφιερώσεις καρποφόρησαν, και άρχισαν να καταφθάνουν οι πρώτες κριτικές από την Αθήνα. Ολες ευνοϊκές – μόνο η Αλκα Θρύλα βρήκε αναφομοίωτες επιδράσεις από τον Αντρέ Ζιντ. Παράξενο! Και της είχε γράψει τόσο κολακευτική αφιέρωση!

Οταν ο Βαζάκας έβγαλε το περιοδικό των αποφοίτων Πειραματικού, χώθηκε κι ο Αγοραστός – αν κι είχε αποφοιτήσει από

"And in your dedication to Seferis why did you copy down a whole poem of his?"

"Come on, poor dear. You will see how he will fall in the trap with one shot."

"And what are you going to gain by eliciting five or ten letters of praise?"

"I'll tell you. It is not that I haven't had any qualms regarding the moral aspect of the issue. But the way I see it we should finally realize it: we, the young, are of great worth yet no one is willing to recognize it. It is only in this way that we will achieve what is rightfully ours."

Aslanoglou shivered. He narrated everything to me the same night.

"You see now what I have been telling you?" I told him. "He is a scoundrel of the deepest dye and you should remember this. He may write good things later on, but he is of rotten stuff."

"You are exaggerating a little. You criticized him and he attacked you, that is all. Of course I do not like this kind of behaviour but what the heck, after all, do we live in a society of angels? In the final analysis he is a member of our generation, and I should help him."

"Help him if necessary, but don't think you will avoid the kick in the butt, as Phaedon and so many others found out."

Aslanoglou indeed helped Agorastos in many ways. He even organized a literary soiree for him as he did for many others of his generation. The only difference was that this soiree, instead of taking place in the graceless room of the French Lyceum as did the others, took place in the foyer of the Society for Macedonian Studies. The evening was a huge success. All his aunts, cousins, colleagues from the college, several literati and a few spinsters who never miss any lecture whatsoever came. Aslanoglou made a warm introduction in praise of the talents of his generation and the young author, wearing a bow tie, read an one-act play of his about Apostle Paul.

The next day the newspapers wrote very favourably. Mom had activated all of her connections to that purpose.

Meanwhile the warm dedications came to fruition and the first reviews from Athens started coming. All of them favourable, except 'Alka Thryla' who found unassimilated influences from

το Κολλέγιο. Το φυλλάδιο δεν έλεγε τίποτα, διαβάζονταν όμως πολύ από τους κύκλους της Θεσσαλονίκης. Δεν πείραζε, σιγά σιγά ο Αγοραστός θα κατακτούσε και τα περιοδικά της Αθήνας. Και πρώτα πρώτα θα άρχιζε από τη «Νέα Εστία» στέλνοντας ένα εγκώμιο στον Πέτρο Χάρη.

Με μένα πια δεν είχε πάρε-δώσε. Το κακό που του είχα κάνει έπρεπε με κάθε τρόπο να μου το ανταποδώσει. Και στο νέο του βιβλίο (τυπωμένο στην Αθήνα) βρήκε την ευκαιρία. Εκεί περιέγραφε πέντε νέους, που είχαν αποφασίσει να βγάλουν περιοδικό - κι ο ένας απ' αυτούς ήμουν εγώ. Τι «κατηχητικόν» δε με χαρακτήριζε, τι που με λέγαν Γεράσιμο γιατί ήμουν «γέρος και άσημος». Τελικά, οι νεαροί παρατούν την ιδέα του περιοδικού, σκοτώνουν έναν ταξιτζή και παν στο Παρίσι να κλέψουν... αγάλματα! Αλλά στο τέλος όλοι συντρίβονται και μόνο ο ίδιος ο συγγραφέας σώζεται βρίσκοντας τη λύτρωση στην αγκαλιά μιας μικρούλας!

Στο πρώτο του ταξίδι στην Αθήνα, κάθησε μια βδομάδα και γνώρισε πολλούς λογοτέχνες.

Πήρε σβάρνα τα τηλέφωνα:

- Ο κ. Τάσος Αθανασιάδης; Θα ήθελα πολύ να σας γνωρίσω, κ. Αθανασιάδη. Είστε από τους λίγους που θαυμάζω ανεπιφύλαχτα...

- Ο κ. Τερζάκης; Κύριε Τερζάκη, είμαι περαστικός απ' την Αθήνα και θα το θεωρούσα τιμή μου αν μπορούσατε να με δεχτείτε για λίγο. Δε θά 'θελα να φύγω χωρίς να σας γνωρίσω.

Δεν παρέλειψε να χρησιμοποιήσει και ενδιαμέσους.

- Κύριε Καραγάτση, από δω να σας συστήσω τον νεαρό λογοτέχνη της Θεσσαλονίκης Αντρέα Αγοραστό. (Επακολουθούσε καμπυλοειδής υπόκλιση).

Ιδιαίτερη λατρεία έδειξε στην ομάδα των «Δώδεκα». Συνδέθηκε και με τους δέκα και τους ενημέρωσε για τα πρόσωπα της Θεσσαλονίκης.

- Τι γνώμη έχετε, κ. Αγοραστέ, για τον Θέμελη; τον ρώτησε ο Θεοτοκάς.

- Ποιον Θέμελη; Δεν ξέρω κανέναν Θέμελη. Εκτός αν εννοείτε τον βουλευτή Θεμελή.

- Πως σας φαίνονται οι πεζογράφοι της Θεσσαλονίκης; τον ρώτησε ο Πέτρος Χάρης.

- Δεν υπάρχουν πεζογράφοι στη Θεσσαλονίκη. Ούτε Σχολή Θεσσαλονίκης υπάρχει ούτε τίποτα. Ο Πεντζίκης είναι ανισόρροπος

Andre Gide. Strange! And he had written such a flattering dedication to her!

When Vazakas published the Experimental High School graduates' journal, Agorastos squeezed himself in, though he himself had graduated from the American College High School. The publication, a pamphlet actually, was nothing significant, however it was widely read in the circles of Thessaloniki. Never mind; slowly, slowly, Agorastos would conquer the journals of Athens. First he would start from Nea Hestia praising Petros Haris.

He no longer had anything to do with me. He had to repay the harm that I had done to him by any means. Thus, in his new book, printed in Athens, he found the opportunity. There he was describing five young guys who had decided to publish a journal. I was one of them. What names he called me there: 'Jesus freak Sunday-schooler', 'Gherasimo', because I was old (gheros) and insignificant (asimos)! Finally the young lads abandoning the idea of the journal, kill a taxi driver and go to Paris to steal statues! But in the end all get smashed and only the author himself escapes unharmed, finding salvation in the arms of a young maiden!

On his first trip to Athens he spent a week there and met many literary personalities.

He telephoned them in turn.

"Mr. Tasos Athanassiadis? I would like very much to meet you, Mr. Athanassiadis. You are one of the few I admire without reservation."

"Mr. Terzakis? Mr. Terzakis, I am passing by from Athens and I would consider it an honour if you could receive me for a little while. I wouldn't like to leave without making your acquaintance."

He did not hesitate to use intermediaries.

"Mr. Karagatsis, I would like to introduce to you a young author from Thessaloniki, Andreas Agorastos." (Deep bow followed).

He exhibited special adoration for the authors of 'the group of twelve'. He established connections with all ten of them and undertook to update their information regarding the literati of Thessaloniki.

"What is your opinion, Mr. Agorastos, about Themelis?" Theotokas asked him.

και ο Δέλιος πληχτικός. Τον Κιτσόπουλο δεν τον ξέρω. Οσο για τον Αλαβέρα, δεν αξίζει τον κόπο να μιλούμε.

Εν τω μεταξύ το δεύτερο βιβλίο, παρά τις κολακευτικές αφιερώσεις και γνωριμίες, δεν έκανε καλή εντύπωση. Ο Συρόπουλος το σκέφτηκε πολύ να επαναλάβει την προηγούμενη ρεκλάμα και οι διάφοροι γνωστοί δεν έδειξαν μεγάλη προθυμία να το προμηθευτούν. Οι κριτικοί κουμπώθηκαν. Η Αλκα Θρύλα, μάλιστα, το αιώνιο τσιβί, το χαρακτήρισε αποτυχημένο αντίγραφο της «Πανούκλας» του Καμύ. Οι Θεσσαλονικείς άρχισαν να μασούν τα λόγια τους.

Ο Αγοραστός έβρισκε πολύ ασφυχτική τη Θεσσαλονίκη.

- Βαρέθηκα πια σ' αυτή τη λίμνη. Πέντε λογοτέχνες όλοι κι όλοι - κι αυτοί κούφιοι και πληχτικοί. Πότε να πάω στην Αθήνα να αναπνεύσω. Εκεί μπαίνεις στου Λουμίδη, και σε μια ώρα γνωρίζεσαι με είκοσι λογοτέχνες.

Το πανεπιστήμιο το έβγαλε κούτσα κούτσα. Τα νομικά δεν τον τραβούσαν καθόλου, δεν παρέλειπε όμως να πηγαίνει στα φροντιστηριακά μαθήματα και να υποβάλλει ερωτήσεις. Σε πολλούς από τους καθηγητές του αφιέρωσε τα βιβλία του, και του χάρισαν κι αυτοί τα συγγράμματά τους.

Μετά ήρθε η ώρα του στρατού. Με δάκρυα στα μάτια αποχαιρέτησε τους αγαπημένους του γονείς. Μαζί του έπαιρνε μια συστατική επιστολή ενός ταξίαρχου καθώς κι ένα σημείωμα για κάποιο πρόσωπο με μεγάλη επιρροή στο Επιτελείο. Ετσι, όταν ήρθε η ώρα, ο Αντρέας Αγοραστός, παρά τη μυωπία και τη μαλθακότητά του, επελέγη υποψήφιος έφεδρος αξιωματικός.

Ωστόσο η ζωή στην Κρήτη δεν ήταν και τόσο τριανταφυλλένια. παρόλο που τον υποστήριξε ο διοικητής (εφτά γράμματα είχε πάρει γι' αυτόν), ο νεαρός συγγραφέας υπέφερε πολύ. Οι καθημερινές ασκήσεις τον τσάκιζαν. Με την ψυχή στα δόντια έκανε υπομονή. «Θα σας δείξω, καραβανάδες, ποιος είμαι εγώ», έλεγε από μέσα του και σχεδίαζε ένα πεζό, όπου θα περιέγραφε όλα τα βάσανα που είχε τραβήξει στη ΣΕΑΠ. Και πράγματι, το πεζό δεν άργησε να γραφτεί. Ηταν συμβολικό, οι στρατιωτικοί είχαν ονόματα προφητών της Παλαιάς Διαθήκης, και το κύριο μέρος το έπιαναν οι αναμνήσεις με το κορίτσι του.

Τέλος, ο Αγοραστός απολύθηκε από το στρατό και άρχισε να ετοιμάζεται για την Αθήνα. Η μητέρα του δεν είχε αντίρρηση να τον αποχωριστεί, μια και ήταν ο μόνος τρόπος που οδηγούσε στη δόξα.

"Themelis who? I don't know any Themelis. Except if you mean the M.P. Themelis."

"How do you like the prose authors of Thessaloniki?" Petros Haris asked him.

"There are no prose authors in Thessaloniki. And there is no such thing as the 'school of Thessaloniki'. Pentzikis is insane and Delios boring. Kitsopoulos I don't know and regarding Alaveras, well, it is not worth talking about."

Meanwhile his second book, in spite of the flattering dedications and acquaintances, did not create a good impression. Syropoulos would think twice before repeating the previous advertising campaign and the various acquaintances did not show great eagerness to buy it. The critics buttoned themselves up and indeed Alka Thryla, 'the proverbial sting', called it a failed copy of Camu's Plague. The Thessalonians started mincing their words.

Agorastos found Thessaloniki suffocating.

"I have got tired. I can't stay in this pond any longer. Five literati in all and they are hollow and boring at that. When will I go to Athens to breathe? There, you go to Loumides' coffee shop and in one hour you get acquainted with twenty authors."

He managed to finish his B.A. with great difficulty. Legal thought was not attracting him, but he did not neglect to attend the tutorials and ask a lot of questions. He dedicated his books to many of his professors and they, in turn, dedicated their treatises to him.

Then came the time of his mandatory military service. With tears in his eyes he bade farewell to his beloved parents. He was carrying the recommendation letter of a brigadier general as well as a memo addressed to some person very influential with the higher-ups of the General Staff. Thus, when the time came, Andreas Agorastos, in spite of his shortsightedness and flabbiness, was selected as a candidate reservist officer.

Yet life in Crete was not a rose garden. For all the support of the base commander, (seven letters he had received about his charge), the young author was suffering greatly. The daily exercise broke his back. With his heart in his mouth he endured patiently. "I am going to show you one day who I really am, brass hats," he said to himself and planned a novel in which he would

Ετσι ο Αγοραστός εγκατέλειψε τη λίμνη της Θεσσαλονίκης, ώριμος για να καταχτήσει την Αθήνα. Και παρόλο που και εκεί εφάρμοσε την ίδια ταχτική των υποκλίσεων και των τηλεφωνημάτων, η αλήθεια είναι πως ανακάλυψε έναν νέο ρόλο - τον ρόλο του οργισμένου νέου αριστερών αρχών και κεντροδεξιών πλευρίσεων - που και μόνο γι' αυτό θα άξιζε τον κόπο να διηγηθούμε τα ανέκδοτά του καμιά άλλη φορά.

describe all the tortures he suffered in the Reservist Officers' Training School. And indeed, the book did not take long to be written. It was symbolic, the officers had names of the Old Testament prophets and its main corpus was taken up by reminiscences of his dates with his girlfriend.

Finally, Agorastos finished his service and was discharged from the Army. He started preparing for his move to Athens. His mother had no objection to parting with him since this was the only road to glory.

Thus Agorastos abandoned the pond of Thessaloniki, mature and ready to conquer Athens. There, for all the application of the same tactic of the bows and the telephone calls, the truth is that he discovered a new role: that of the angry youngster with leftist principles and rightist practices. It would be worth narrating his anecdotes another time, if only for this.

Δημοσθένης

Αργά το βράδυ φτάσαμε στην Πέλλα. Οι Μακεδόνες μας δεχθήκανε όσο μπορούσαν πιο πολιτισμένα, παρόλο που ήξεραν ότι πηγαίναμε ως ικέτες. Οι διαπραγματεύσεις θα άρχιζαν σε δυό μέρες, ως τότε φρόντισαν να μας ψυχαγωγήσουν με το παραπάνω. Την πρώτη μέρα οργάνωσαν για χάρη μας θεατρική παράσταση - ένας σπουδαίος θίασος από την Κόρινθο μας έπαιξε Ευριπίδη! Υστερα ακολούθησε συμπόσιο προς τιμήν μας. Ο Φίλιππος δεν ήταν. Οπως πάντα, θα έλειπε πάλι σε κανέναν πόλεμο. Μας υποδέχτηκε ο διάδοχος Αλέξανδρος, ένας ωραίος έφηβος, με χαρακτήρα όμως άγαρμπο, για τον οποίο λέγονταν πολλά. Ο οίνος έρρεε άφθονος, οι αυλητρίδες έπαιζαν με χάρη, και ξαφνικά, εκεί που δε το περιμέναμε, σηκώνεται ο Αλέξανδρος κι αρχίζει να χορεύει αντικριστά με κάποιον φίλο του, και να κουνάει σαν Ασιάτης την κοιλιά του, να γονατίζει εμπρός του σα γυναίκα και να του κάνει ένα σωρό τσακίσματα και τσαλιμάκια. Και φαίνεται πως τα καμώματα αυτά - που ταίριαζαν μονάχα σε ηνίοχους - άρεζαν ιδιαίτερα στη μακεδονική αυλή, γιατί οι πάντες του χτυπούσαν παλαμάκια. Ομολογώ, τα έχασα μ' αυτή την απροσδόκητη απρέπεια που είδαν τα μάτια μου, η αττική μου ηθική δε μπόρεσε να το χωνέψει. Την άλλη μέρα το πρωί, πήρα την αντιπροσωπεία μας και φύγαμε άρον-άρον.

Μα θα μου πείτε: «Για ένα χορό ματαίωσες τη συμμαχία, και μάλιστα ενώ ήξερες ότι καιγόμασταν;» Και βέβαια, για ένα χορό. Για πείτε μου: πως να υπέγραφα συνθήκη μ' ένα αγυιόπαιδο, που χόρευε με γυναικεία κουνήματα και κορδακίζονταν ασύστολα μπροστά μας; Αμέσως πάγωσα με την ιδέα πως, εάν τον προσκαλούσα στην Αθήνα, σα φίλο και σα σύμμαχο, δεν αποκλείεται να λέρωνε την ακρόπολή μας με τους ανατολίτικους χορούς του. Μου φάνηκε αποτρόπαιο να μιανθεί ο Παρθενώνας εξαιτίας μου. Καλύτερα, είπα μέσα μου, αυτά τα υποκείμενα να μπούνε στο κλεινό μας άστυ σαν εχθροί παρά σα σύμμαχοι.

Αυτός είναι ο λόγος που ματαίωσα τη συμμαχία, κι ας ήξερα πως με περίμενε η οργή σας.

Demosthenes

Late at night we arrived at Pella. The Macedonians welcomed us in as civilized a manner as they could muster, though they knew that we were coming as suppliants. The negotiations would start in two days; till then they took good care of our entertainment. For our pleasure, during the first day they organized a theatrical performance. An excellent troupe from Corinth performed Euripides! Then followed a banquet in our honour. Philip was not there; as usually he was absent fighting some war. We were received by his crown prince Alexander, a handsome adolescent, with a somewhat clumsy character, about whom many a rumour was circulating. The wine was flowing in plenty, the flute-girls were playing gracefully and suddenly, when no one expected it, Alexander started dancing face-to-face with a friend of his and began wiggling his belly like an Asian dancer, kneeling on occasion in front of his partner as if he were a woman, full of mincing airs and graces. It appeared that these antics, suitable only to slave charioteers, were especially popular with the Macedonian court because most everyone was cheering and clapping for him. I do admit that I was at a loss for words confronted with such an unexpected impropriety. My Attic morality could not stomach it. The next morning I gathered up our representatives and we left hastily.

One may say: "For a single dance you called off the alliance though you knew we were dying for it?" Of course for a single dance. And you tell me how could I have signed an alliance with a rascal who was hip swaying like a woman and was cock-a-hooping shamelessly in front of us? My blood ran cold with the idea that had I invited him to Athens as a friend and ally, I wouldn't have put it past him to besmirch even our Acropolis with his oriental dances. It seemed outrageous to me to have the Parthenon desecrated because of me. Better, said I to myself, that these rascals enter our glorious city as enemies than as allies.

This is the reason I called off the alliance, though I knew that I would have to face your wrath.

Ιπποκλείδης

Μια φορά κι έναν καιρό, εδώ και δυόμισυ χιλιάδες χρόνια, ήταν ένας άρχοντας, που λέγονταν Κλεισθένης, κι ήθελε να παντρέψει τη μονάκοκόρη του. Στέλνει λοιπόν ανθρώπους του σε όλα τα βασίλεια, να διαλαλήσουν την απόφασή του: εκείνοι που ήθελαν την όμορφη βασιλοπούλα, να μαζευτούνε στο παλάτι του. Εκεί θα έκαναν αγώνες και τσιμπούσια, κι ο βασιλιάς θα διάλεγε στο τέλος τον καλύτερο. Σαν τ' άκουσαν αυτό τα βασιλόπουλα, ξεκίνησαν για το παλάτι του Κλεισθένη. Άλλος ξεχώριζε για ομορφιά, άλλος για την παλικαριά του, άλλος για την καταγωγή του και άλλος για τα πλούτη του. Μα απ' όλους πιο πολύ ξεχώριζε ο Ιπποκλείδης, το πρώτο της Αθήνας αρχοντόπουλο, που έσκιζε σε ομορφιά και τσαχπινιά. Αυτόν τον συμπαθούσε ιδιαίτερα ο Κλεισθένης.

Σαν ήρθε ο καιρός να γίνει η κρίση, κι αφού τελείωσαν οι αγώνες, ο βασιλιάς οργάνωσε συμπόσια και γλέντια. Τρεις μέρες τρώγαν κι έπιναν με μουσικούς και αυλητρίδες. Και ξαφνικά την τρίτη μέρα, σηκώνεται ο Ιπποκλείδης μες στη σούρα του κι αρχίζει να χορεύει ένα χορό από αυτούς που ξέραν μόνο οι ηνίοχοι, και δος του να λυγάει μαργιόλικα τη μέση του, και δος του οι άλλοι ένα γύρο παλαμάκια. Ύστερα σάλταρε επάνω στο τραπέζι, στηρίχτηκε με το κεφάλι κάτω κι άρχισε να χορεύει με τα πόδια στον αέρα, χωρίς ούτε στιγμή να χάσει την ισορροπία του. Σε λίγο κατεβαίνει, αρπάζει το τραπέζι με τα δόντια του και το σηκώνει αψηλά, κι αρχίζει να χορεύει έναν κόρδακα, δίχως ν' αφήσει να του πέσει ούτε ένα κύπελλο. Όλοι κρατούσαν την αναπνοή τους από θαυμασμό - ποιος να φαντάζονταν τόση μαγκιά μες στο παλάτι! Μα ο Κλεισθένης, βλέποντάς τα όλα αυτά, άφριζε μέσα του απ' το κακό του. Όσο κι αν συμπαθούσε το αρχοντόπουλο, τον διάδοχο τον ήθελε συμμαζεμένο και κιμπάρη, όχι μαγκάκι των χαμαιτυπείων. Γι' αυτό και, μόλις τέλειωσε ο χορός, κατέβηκε οργισμένος απ' το θρόνο του κι είπε στον Ιπποκλείδη: «Κρίμα, λεβέντη μου, μ' αυτά σου τα καμώματα

Hippocleides

Once upon a time, two and one-half thousand years ago, there was a king whose name was Cleisthenes. He wanted to find a good husband for his only daughter. He sent his men to all the kingdoms to trumpet his decision: All those who wanted the beautiful princess had to gather in his palace. There they would participate in competitions and feasts and finally the king would choose the best.

When they got word of it many a king's son set out for the palace of Cleisthenes. One was distinguished for his looks, the other for his bravery, some for their nobility, others for their riches. Yet among them all the most distinguished was Hippocleides, the foremost of Athen's young noblemen, who surpassed everyone else in beauty and roguishness. Him, Cleisthenes, liked especially.

When the time for the ruling came at the end of the competitions, the king organized banquets and feasts. For three days they were eating, drinking and merrymaking with musicians and flute-girls when suddenly on the third day, Hippocleides, dead drunk, stood up and began dancing, a dance familiar only to slave charioteers and such people. And the more he was bending and twisting his waist roguishly, the more the others circled around, encouraging him with rythmical cheering and clapping. Then he jumped on a table, stood on his head and started dancing with his feet in the air without loosing his balance even for a moment. After awhile he got off the table, grabbed it with his teeth, lifted it high and began dancing a wild popular dance not allowing even one drinking cup to fall down. All present held their breath in admiration - who could imagine such rakishness in the palace! Yet, Cleisthenes, seeing all this became foaming mad. No matter how much he liked the young nobleman, he wished his successor to be tactful and serious, not a whipper-

έχασες και το θρόνο και τη νύφη». Κι ο Ιπποκλείδης του απάντησε κοφτά: «Σκασίλα μου!»

Ετσι έχασε και πλούτη και τιμές, για ένα κέφι, μα κέρδισε όλων τις καρδιές ο Ιπποκλείδης. Και έμεινε αθάνατος στην ιστορία, πρώτος ρεμπέτης του ντουνιά.

snapper of the red light district. That's why, once the dance was over, he came down off his throne in a fury and said to Hippocleides: "It is a pity, my young lad, for with your deeds you lost both throne and bride." And Hippocleides replied dryly: "Who cares!"

Thus, he lost riches and honours for a moment's pleasure, but Hippocleides won everybody's heart and remained immortal in history as the first rebetis of the world.

Μεγάλη Πέμπτη

Τον έβλεπα συχνά στο Βαρδάρι, παρέα με κάτι γέρους κολομπαράδες. Περίπου τριαντάρης, σιωπηλός, μονίμως άνεργος, όχι πολύ αρρενωπός, πάντα φτωχοντυμένος και αξύριστος. Του πρότεινα παρέα κι ήρθε. Ανηφορίσαμε σιωπηλοί για τα ντενεκεδένια σιδεράδικα. Σταθήκαμε στα σκοτεινά. Διστάζαμε.

Εσβησε το τσιγάρο του. «Για στάσου», είπε, σα να θυμήθηκε κάτι «Μεγάλη Πέμπτη δεν είναι σήμερα;» «Ναι», είπα «και τι μ' αυτό;» «Τι θα πει "και τι μ' αυτό"; Η εκκλησία να ψέλνει τα δώδεκα ευαγγέλια, και μεις να γαμιόμαστε;» «Και τι θες να κάνουμε; να περιμένουμε το Πάσχα;» «Βρε, θα μας κάψει ο θεός, καταλαβαίνεις;» «Ε, τότε τι ήθελες και με κουβάλησες εδώ;» Μαλάκωσε. «Δίκιο έχεις. Από βραδύς τό 'χα στο νού μου αλλά μετά το ξέχασα. Πάμε τώρα. Αλλη φορά.

Εφυγα τσατισμένος. Πιο πολύ με τον εαυτό μου. Ακούς εκεί, ένας αλήτης, να μου δώσει τέτοιο μάθημα, εμένα πού 'ξερα τα δώδεκα ευαγγέλια απέξω!

Maundy Thursday

I used to see him often in the Vardari Square keeping company with some old buggers. Thirtyish, quiet, permanently unemployed, not very virile, always poorly dressed and unshaven. I offered him company and he accepted. We took the upward slope toward the dingy tinsmiths' shops. We stopped in the dark. We were hesitant.

He put out his cigarette. "Wait a minute," he said, as if he remembered something; "Isn't it Maundy Thursday today?"

"Yes," said I; "so what?"

"What do you mean, so what? In the church they will chant the twelve gospels and we will be screwing?"

"And what do you want us to do? Wait for Easter?"

"It is not right. God will burn us."

"Well, then, why did you bring me all the way here?"

He softened. "You are right. Since last night I had it in my mind, but then I forgot it. Let's go now. Another time."

I left peeved. Mostly with myself. Who ever heard of it, a bum to give such a lesson to me, to me who knew the twelve gospels by heart!

Ο χιλιαστής

Το πρώτο βράδυ ο θάλαμος είχε γεμίσει φίσκα και δεν έφταναν τα κρεβάτια. Ηταν πολλοί που δεν είχαν ντυθεί ακόμα και περίμεναν να περάσουν την άλλη μέρα απ' τους γιατρούς. Οι διάδρομοι ήταν γεμάτοι απλωμένες κουβέρτες κι έβλεπες ανακατωμένα κεφάλια και πόδια. Βρωμούσε ποδαρίλα και ρούχα κλιβανισμένα.

Δεν ξέρω πως τα κατάφερα και βρήκα μια γωνιά κοντά στο ακριανό παράθυρο. Δίπλα μου, σχεδόν αγκαλιαστά, είχε πλαγιάσει ένα παιδί, ξανθό και γαλανομάτικο, με μια όψη αγγελική, γεμάτη αγνότητα και γαλήνη. Σκέφτηκα πως θα ήταν ίσως του κατηχητικού, μα ήμουν τόσο ψόφιος για ύπνο, που δεν είχα κουράγιο να τον ρωτήσω.

Την άλλη μέρα τον ξαναείδα στο μεσημεριανό συσσίτιο. Πρόσεξα πως ήταν πολύ πιο όμορφος και γλυκός απ' ό,τι μου είχε φανεί την πρώτη φορά, κι ότι εξακολουθούσε νά 'χει στο πρόσωπο μια έκφραση γαλήνης, με κάτι το απόκοσμο στο βλέμμα, σα να μην καταλάβαινε τί γινόταν γύρω του. «Από πού είσαι, συνάδελφε;» τον ρώτησα. «Από το Αγρίνιο». «Είσαι του κατηχητικού;» Αμέσως κοκκίνισε και κούνησε αρνητικά το κεφάλι. Είχα κάνει πολύ άσκημα που τον ρώτησα.

Τη τρίτη μέρα παραξενεύτηκα που δεν τον είδα καθόλου. Μας είχαν δώσει όπλα και τα καθαρίζαμε. Γύρισα όλους τους θαλάμους, τους διαδρόμους, τις σκάλες, πήγα στα αποχωρητήρια, ακόμη και στο αναρρωτήριο, μα δεν τον βρήκα πουθενά. Το απόγευμα, εκεί που ο δεκανέας μας έκανε το πρώτο μάθημα για το όπλο, ήρθε ο υπολοχαγός να μας μιλήσει. Ηταν ένας αντιπαθητικός τύπος, Αρβανίτης από την Αργολίδα, φημισμένος για τη σκληράδα του στο καψόνι. «Δε μου λες, εσύ», ρώτησε έναν, κι αμέσως ο νεοσύλλεκτος σηκώθηκε όρθιος, «τι θα κάνεις άμα έρθει ένας Βούλγαρος και σου κανονίσει την αδελφή; Θα κάτσεις και θα τον βλέπεις;» Ο νεοσύλλεκτος τά 'χασε για μια στιγμή αλλά σε λίγο απάντησε: «Οχι, κυρ-λοχαγέ, θα του ρίξω αμέσως». Ο αστεράκιας ευχαριστήθηκε

The Millenarian[1]

The first night the military ward had become full to overflowing and the beds were not sufficient in number. There were many who were not in military dress yet and were waiting to go through the doctors' inspection the next day. The corridors were spread full of blankets, and head and feet were mixed side by side. It smelled badly from the stench of feet and the disinfected clothes.

I don't know how I succeeded in finding a corner near the side window. Beside me, almost embracing me, lay a young man with blond hair and blue eyes. He had an angel's countenance, full of purity and calmness. I thought that perhaps he was a Sunday-schooler; but I was dead tired, wanted to sleep, and I did not have the courage to ask him.

The next day during the midday mess I saw him again. I realized that he was much handsomer and sweeter than it seemed to me the first time, and that he continued having on his face an expression of calmness with something eerie in his glance as if he was not aware of what was going on around him. "Where are you from, pal?" I asked him.

"From Agrinio."

"Are you a Sunday-schooler?" He immediately blushed and motioned negatively with his head. I was wrong to ask him.

The third day I found it strange that I did not see him at all. They had given us our rifles and we were cleaning them. I looked around in all the wards, the corridors, the stairs, I went to the latrine, even in the infirmary, but I did not find him anywhere. In the afternoon while the corporal was giving us our first lesson on guns, the second lieutenant came to talk to us. He was an unlikeable type, an 'Arvanitis' from the district of Argos, famous for his roughness in training.

"Tell me," he asked one of us, and the recruit immediately stood up, "What are you going to do if a Bulgarian comes and wants to do it to your sister? Are you going to just stay there and watch?"

[1] A member of the Jehovah Witness

πολύ που ο φαντάρος τον είχε προβιβάσει και άρχισε το πατριωτικό του κήρυγμα με πολύ σεμνή γλώσσα: «Χαίρομαι που καταλάβατε γιατί σας δώσαμε τα όπλα. Για να σκοτώνετε. Να σκοτώνετε τους εχθρούς της πατρίδος και όποιον σας πειράξει την αδελφή. Δε φαντάζομαι να είναι κανείς που να μην πήρε ακόμα όπλο». Κανείς δεν απάντησε. Ο υπολοχαγός έξυσε τα σκέλια του και συνέχισε: «Κι όμως, είναι ένας από τον λόχο μας, ένα σκουλήκι, ένα κάθαρμα, ένας χιλιαστής, που αρνήθηκε να πάρει όπλο». Αμέσως έγινε σούσουρο κι όλοι αρχίσαμε να κοιταζόμαστε μεταξύ μας, με μεγάλη προθυμία ν' ανακαλύψουμε το θύμα. Μ' έπιασε μεγάλη περιέργεια, ξαφνικά όμως φωτίστηκα: αυτός θα ήταν. Το ωραίο ξανθό παιδί που έλειπε από το πρωί.«Και τώρα τί θα κάνετε, κυρ-λοχαγέ;» ρώτησε από πίσω μια μάρκα. Ο υπολοχαγός άναψε τσιγάρο κι έκανε επίδειξη ισχύος: «Θα τον σπάσουμε στο ξύλο κι άμα δε βάλει μυαλό - στρατοδικείο»

Τις άλλες μέρες δεν έλεγε να βγει από τον νου μου η εικόνα του ξανθού συναδέλφου, που παρ' όλη τη συστολή του, είχε την τόλμη να τα βάλει με όλους αυτούς. Σκεφτόμουν πως θα είχε πολύ μεγάλη πίστη -την πίστη που δίνουν στους οπαδούς τους μονάχα οι μικρές και κατατρεγμένες θρησκευτικές κοινότητες- κι ας πίστευε σε μια αίρεση που τη θεωρούσα σαχλή. Θυμόμουν που μας έλεγαν από μικρούς ότι όλοι οι χιλιαστές ήταν όργανα του διεθνούς σιωνισμού και πληρώνονταν για να φέρνουν σύγχυση μεταξύ των χριστιανών. Κι όμως, ο ξανθός αυτός νεοσύλλεκτος είχε τολμήσει κάτι που κανείς πληρωμένος δεν θα τό 'κανε.

Το πράμα σχολιάστηκε πολύ σε όλο το στρατόπεδο. Οι περισσότεροι ούτε καν ήξεραν τι ήταν ο χιλιασμός και ρωτούσαν να μάθουν. Αλλοι κακοτύχιζαν τον φουκαρά, που θά 'τρωγε τα νιάτα του για μια βλακεία. Ολοι είχαν μάθει πως θα περνούσε στρατοδικείο κι ότι τα ισόβια τα είχε σίγουρα, ενώ, αν είχαμε πόλεμο, δεν θα γλίτωνε το ντουφέκι. Κατά βάθος όλοι τον θαύμαζαν. Ηταν ήρωας. «Να, εκεί μέσα είναι», μου είπε μια μέρα ένας συνάδελφος και μού 'δειξε το απομονωτήριο. Ηταν πίσω από τη λέσχη υπαξιωματικών: ένα μικρό κτιριάκι, ούτε δύο τετραγωνικά, χωρίς ταβάνι και παράθυρα, μονάχα με μια πόρτα κλειστή. «Γιατί δεν έχει σκεπή;» ρώτησα με σφιγμένη καρδιά. «Εδώ βάζουν τους πολύ επικίνδυνους και τους κάνουν βασανιστήρια. Κάθε μέρα που εμείς λείπουμε στις ασκήσεις, μπαίνει μέσα ένας αλφαμίτης και τον

The recruit was at a loss for words for a moment and in a while he answered:

"No, Sir, Captain, I will fire against him immediately."

The star-studded one was very pleased that the private had 'promoted' him and started his patriotic sermon using very modest language.

"I am happy you people understand why we gave you the rifles. In order to kill. To kill the enemies of the motherland and whoever annoys your sister. I can't imagine that there is anyone who has not yet got his rifle."

No one answered. The second lieutenant scratched his private parts and continued: "And yet there is one in our company, a worm, a scum, a millenarian who refused to receive his rifle."

His words caused a rustle and we all started looking among ourselves trying with great willingness to discover the victim. I was burning with curiosity and suddenly it occurred to me like a flash; it must have been him, the handsome blond young man who was missing since this morning.

"And now what are you going to do, Captain, Sir?" asked a sharp-witted soldier from the back rows.

The second lieutenant lit a cigarette and made a show of force, "We are going to beat the shit out of him and if he won't come to his senses, court-martial."

The next few days I could not get my mind off the image of this blond colleague, who, in spite of his shyness, had the boldness to face all of them. I was thinking that his faith must have been very strong, the faith of the small persecuted religious minorities, even though he believed in a heresy which I considered insipid. I was remembering when we were small children and we were told that the millenarians were agents of international Zionism and were getting paid in order to bring confusion among the Christians. And yet, this blond recruit had dared to do something that no paid agent would do.

The event was sharply commented upon in the whole training camp. Most of the soldiers did not even know what millenarianism was and they were asking to find out about it. Others expressed pity for the poor fellow who would ruin his youth for a stupidity. We all had learned that he would be court-martialled and that a lifetime sentence was certain, in fact, had we been at war, he would not escape the firing squad. Deep down he was admired by all. He was a hero.

σπάνει στο ξύλο. Μετά, του δίνουν να φάει παστές σαρδέλες χωρίς νερό, για να λυσσιάξει από τη δίψα. Αμα κάνει παγωνιά ή βρέχει, δεν μπορεί να κρυφτεί πουθενά κι είναι αναγκασμένος να φάει όλη τη μπόρα ή να πουντιάσει». Εμεινα άναυδος. «Τι λες! Και αντέχει;» «Αντέχει, λέει; "Οσα δόντια και να μου σπάσετε", τους είπε όταν του ξήλωσαν τη μασέλα, "εγώ δεν αλλάζω ιδέα"! »

Δεν ήταν απλώς το θέμα της ημέρας, ήταν κάτι παραπάνω: η κρυφή μας παρηγοριά όταν η ζωή μας φαίνονταν αβάσταχτη απ' τα πολλά καψόνια και τις καμπάνες. Κανείς δεν παραπονιούνταν όταν τον έβαζαν να πλύνει την Καλλιόπη ή τα καζάνια, σκέφτονταν τον χιλιαστή, που τον είχαν κλείσει μια
ολόκληρη μέρα σ' ένα βαρέλι πετρελαίου - και το βούλωνε. Μια φορά που βραχήκαμε λίγο στις ασκήσεις, κανείς δεν είπε κιχ, κόβω το κεφάλι μου πως όλοι σκεφτόμασταν τον χιλιαστή που ως τότε είχε φάει τρεις γερές μπόρες.

Μια μέρα με φώναξε ο δεκανέας υπηρεσίας και με ρώτησε αν ήθελα να πηγαίνω στον χιλιαστή το μεσημεριανό φαγητό του. Δέχτηκα με μεγάλη συγκίνηση. «Ποιος του το πήγαινε ως τώρα;» «Τον είχα νηστικό μια ολόκληρη εβδομάδα. Σήμερα είναι η πρώτη φορά». Ανατρίχιασα. «Πρόσεξε, όμως», μου είπε το δεκανάκι, «το καλό που σου θέλω, όχι πολλά λόγια μαζί του, ούτε να του δώσεις τίποτε άλλο, γιατί, να το ξέρεις, θα σε παρακολουθεί ένας αλφαμίτης». Πήρα την καραβάνα κι έτρεξα στο απομονωτήριο. Την έβαλα κάτω από το άνοιγμα της πόρτας κι άκουσα ένα «συνάδελφε, σ' ευχαριστώ». «Κουράγιο, συνάδελφε», του είπα βιαστικά. «Εγώ θα σου φέρνω κάθε μέρα το φαΐ».

Τις άλλες μέρες εξακολούθησα να του πηγαίνω το φαγητό του και μαζί από καμιά σοκολάτα ή τίποτα μπισκότα. Είχα ξεθαρρευτεί και κουβέντιαζα μαζί του έξω απ' την πόρτα για δυό-τρία λεφτά. Την πέμπτη μέρα, εκεί που τού 'δινα μερικά κουλουράκια που μου είχαν στείλει από το σπίτι, άκουσα πίσω μου ξαφνικά μια αγριοφωνάρα: «Το πουλάκι μου! Κουλουράκια μου τον ταΐζεις, έ;» Ηταν ο άγριος αλφαμίτης. «Θα στα σπάσω εγώ τα χεράκια», συνέχισε με κακία, θαρρείς και τον είχα βλάψει προσωπικά. Το αποτέλεσμα ήταν να μ' αντικαταστήσουν μ' ένα τσανάκι.

Μετά το βάπτισμα πυρός γνωρίστηκα με τον θεολόγο του Κέντρου. Ο θεολόγος αυτός, παρόλο που έκανε πολύ κρύες ομιλίες, φαίνονταν αρκετά ενδιαφέρων άνθρωπος, και μάλιστα χωρίς πολλές

"Look, they have him inside there," a colleague told me one day and pointed out the isolation booth to me. It was behind the petty officers' club, a small building, a booth of not even two square metres, without ceiling or windows and with only a door closed.

"Why doesn't it have a roof?" I asked and felt my heart wring.

"Here they put the very dangerous ones and they torture them. Everyday when we go for training, a military policeman goes in and beats the shit out of him. After that, they give him salted sardines to eat and no water, to go berserk from thirst. When there is a frost or rain he cannot avoid it and is forced to take the downpour and freeze."

I was speechless. "What are you saying! And he can take it?"

"Can he ever! 'No matter how many of my teeth you break,' he told them when they ripped his jaw, 'I will not change my mind!'"

It was not simply the issue of the day, it was something more: our secret consolation when life seemed unbearable from the many unnecessary chores and punishments. No one was complaining any more when ordered to clean the washrooms or the big pots; one was thinking of the millenarian who was closed in a drum barrel and was shutting up his mouth. One day that we were rained on in training no one said even a word of complaint; I bet in my head that we all were thinking of the millenarian who so far had been exposed to three strong downpours.

One day the corporal on duty called me and asked me if I wanted to take the millenarian his lunch. I accepted with great emotions.

"Who was taking it to him up to now?"

"No one, they were fasting him for one week. Today is the first time."

I shivered.

"Be careful," the little corporal told me, "Not too much talk with him and don't you dare give him anything else because you will be secretly observed by a military policeman."

I took the mess tin and I ran to the isolation booth. I pushed it under the opening of the door and I heard him say, "Thank you, colleague."

"Keep up your courage, colleague," I told him in a hurry. "I will be bringing you food everyday."

For the next few days I continued taking his mess to him and was sneaking in a chocolate or some biscuits. I grew bolder and was talking with him for two, three minutes from outside the door.

θρησκευτικές προκαταλήψεις. Απ' τις πρώτες μας κουβέντες με ρώτησε και για τον χιλιαστή. «Τον θαυμάζω», του απάντησα, «κι απορώ πού βρίσκει τόση πίστη και αντέχει στα βασανιστήρια». «Ασ' τα, άσ' τα, αυτός ο χιλιαστής μ' έχει κάνει να μην ξέρω τί να πω. Τον θαυμάζω κι εγώ, κι αισθάνομαι πολύ κατώτερός του, αλλά που να τολμήσεις να πεις τέτοιο πράμα!» Σταμάτησε μια στιγμή κι ύστερα συνέχισε με ύφος εμπιστευτικό: «Μα το χειρότερο είναι που με φώναξε ο διοικητής και μου ζήτησε να πάω να του κάνω διαφώτιση και να προσπαθήσω με κάθε τρόπο να του αλλάξω τα μυαλά». «Και πήγες;» «Τι νά 'κανα; Πήγα. Μόλις μπήκα μέσα, τί να δω! Τον είχαν σακατέψει στο ξύλο. Τα δόντια του σπασμένα, το κορμί του μελανιασμένο.

Εκεί μέσα ενεργούνταν και ουρούσε, και δεν είχε ούτε μια καρέκλα να καθήσω. Πίσω απ' την πόρτα στέκονταν ο αλφαμίτης και μας άκουγε». «Και τί του είπες;» «Με κοίταξε πονεμένα και με ρώτησε: "Εσύ συνάδελφε, ποιος είσαι και τί θέλεις από μένα;" Του είπα: "Άκουσε, συνέδελφε, εγώ είμαι ο θεολόγος του Κέντρου και με έστειλε ο διοικητής να σου κάνω διαφώτιση, γιατί, λέει, είναι κρίμα να πας στρατοδικείο". Αμέσως σφίχτηκε στον εαυτό του και μου είπε: "Να χαρείς, συνάδελφε, μη με βασανίζεις και συ". Ταράχτηκα. Σκέφτηκα τί αισχρό που ήταν να θέλουν να πετύχουν με τη θρησκεία ό,τι δεν πέτυχαν με τη ζωστήρα. Του είπα: "Άκουσε, συνάδελφε, σε θαυμάζω για την πίστη σου και νιώθω πως δεν μπορώ να σε φτάσω ούτε στο μικρό σου δαχτυλάκι. Το μόνο που με στεναχωρεί είναι που δεν αξίζει, κατά τη γνώμη μου, να θυσιάζεσαι για μια τέτοια αίρεση". Με κοίταξε μ' ένα πικρόχολο αίσθημα ευγνωμοσύνης και μου είπε: "Δεν πειράζει, συνάδελφε, πάντως σ' ευχαριστώ. Μονάχα σε παρακαλώ, πες τους πως δεν πρόκειται ν' αλλάξω και να μη με βασανίζουν"». «Και μετά τί έγινε;» ρώτησα ανυπόμονα. «Μετά, με φώναξε ο διοικητής και μου λέει: "Έλα δω, εσύ που λες τα παχιά λόγια στην εκκλησία. Εγώ σ' έστειλα να του κάνεις διαφώτιση και εσύ άρχισες να τον παινεύεις; Τι καμώματα είν' αυτά; Πάλι καλά που δεν έγινες και συ χιλιαστής". Καταλαβαίνεις, με είχε καρφώσει ο αλφαμίτης».

Την Κυριακή, μετά την εκκλησία, ο παπάς απ' την Κόρινθο που έρχονταν και μας λειτουργούσε, μας είπε εμπιστευτικά πως ο διοικητής του είχε ζητήσει να μείνει λίγο παραπάνω για να δει κάποιον αιρετικό. «Φοβούμαι, πάτερ, πως δεν θα καταφέρετε

The fifth day, while I was giving him a few cookies that had been sent to me from my family, I heard from behind me a shout:

"My little bird! You are feeding him cookies, eh?"

It was a wild military policeman. "I will break your little hands," he continued meanly as if I had harmed him personally. As a result I was replaced by a military brown-noser.

After this baptism of fire I met the theologian of the training camp. This theologian, though his speeches were not inspiring, seemed to be a very interesting human being, and indeed one without many religious biases. Even in our first conversation he asked me about the millenarian.

"I admire him," I replied. "I wonder where he finds so much faith to endure the tortures."

"What can I say, this millenarian caused me not to know what to say. I also admire him and I feel by far inferior to him and yet how can one dare say such a thing?" He stopped for a moment and then continued in a confidential tone, "But the worst of all is that the base commander called me in and asked me to go and enlighten him and to try anything in order to make him change his mind."

"And you went?"

"What could I do; I went. When I entered what did I see! They had beaten him up badly. His teeth were broken, his body was bruised. He was forced to defecate and urinate in the little booth and there was not even a chair to sit on. Behind the door stood the military policeman and he was listening to our conversation."

"And what did you say to him?"

"He looked at me with pain in his eyes and asked me: 'And you, colleague, who are you and what do you want from me?' I told him, 'Listen, colleague, I am the theologian of the base and I was sent by the commander to enlighten you because he thinks that it is a pity to be court-martialled.' Immediately he tightened himself up and told me: 'My colleague, do me a favour and don't torture me too.' I was upset. I thought that it was obscene to try to achieve with religion whatever they couldn't achieve with the beatings. I told him,'Listen, colleague, I admire you for your faith and I feel I cannot come even close to your courage. The only thing that saddens me is that, in my opinion, you are sacrificing yourself for a heresy and that is a waste!' He looked at me with a bitter emotion of thankfulness and told me: 'Never mind, colleague, in any case, thank you. Only I beg of you tell them that I will not change and there is no point in torturing me!' "

τίποτε», του είπε με σκεπτικισμό ο θεολόγος. Σε λίγο έφεραν τον χιλιαστή, κι έτσι μπόρεσα να τον δω ύστερα από τόσον καιρό. Είχε αδυνατίσει, τα μάτια του όμως εξακολουθούσαν να φέγγουν την ίδια γαλήνη. Κλείστηκε με τον παπά στο καμαράκι του ιερού και σε ένα τέταρτο βγήκαν. Ο παπάς ήταν καταγαναχτισμένος: «Σκεφτείτε, είχε το θράσος να με ελέγξει που ευλογώ, λέει τα όπλα τους, ενώ ο Χριστός είπε "αγαπάτε τους εχθρούς υμών"!»

Τρεις μέρες αργότερα ο θεολόγος μπήκε ταραγμένος στο γραφείο. «Ασ' τα», μου είπε, «το ζήτημα του χιλιαστή παίρνει διαστάσεις. Τον στέλνουν τώρα στον δεσπότη, και θα πρέπει να τον συνοδέψω κι εγώ μαζί με τον αλφαμίτη!» Εμεινα άναυδος. «Τι λες; Πως τέτοιο ενδιαφέρον ο δεσπότης;» «Είναι δουλειά του διοικητή. Ηθελε, λέει, να εξαντλήσει όλα τα μέσα για να τον σώσει. Υστερα από τον δεσπότη, τον περιμένει στρατοδικείο.

Τον περίμενα με αγωνία. «Ηταν κάτι τρομερό, μου είπε όταν γύρισαν. «Δεν μπορείς να φανταστείς πόσο υπέφερα. Είχα και τον αλφαμίτη δίπλα μου και δεν μπορούσα να του πω κουβέντα. Κι όμως ένιωθα τόσο πολύ την ανάγκη να του δώσω λίγο θάρρος. Ο μητροπολίτης μας δέχτηκε όλους μαζί. "Δε μου λες, παιδάκι μου", του είπε, "γιατί αρνείσαι να λάβεις το όπλον που σου δίνει η πατρίς;" Ο χιλιαστής απάντησε ήρεμα: "Γιατί δεν το επιτρέπει η θρησκεία μου". "Και γιατί δεν πιστεύεις στη μόνη αληθινή θρησκεία, την Ορθοδοξία;" Ο χιλιαστής χαμογέλασε μελαγχολικά και γύρισε και μας έδειξε: "Ποια Ορθοδοξία; αυτήν που κάνει τη δουλειά της με τους αλφαμίτες, όταν δεν τα καταφέρνει με τους θεολόγους;" Τότε σηκώθηκε ο δεσπότης έξω φρενών και μας έδιωξε όλους. Στον δρόμο σκεφτόμουνα πως δεν διαφέραμε και πολύ από τους γραμματείς και τους φαρισαίους».

Λίγες μέρες αργότερα αποφασίσαμε μερικοί φίλοι να μαζευτούμε ένα βράδυ στις κερκίδες και να ακούσουμε μουσική. Ενας Κρητικός έπαιζε αρκετά υποφερτά βιολί κι ένας λοχίας είχε πάθος με τη φυσαρμόνικα.

Ηταν γλυκειά η βραδιά. Στα πόδια μας απλώνονταν η Κόρινθος, απέναντι ακινητούσε στα φώτα του το Λουτράκι και στο βάθος υψώνονταν επιβλητικά τα Γεράνεια. Το φεγγάρι κόντευε να γεμίσει και σκόρπιζε το θαμπό χρυσάφι του στις κερκίδες.

Πρώτος άρχισε με τη φυσαρμόνικα ο λοχίας. Επαιζε με πολλή άνεση, και μες στο θάμπωμα του φεγγαριού η σιλουέτα του φάνταζε

"And after that what happened?" I asked impatiently.

"Well, after that the commander called me and told me: 'Come here, you who know to say big words in the church. I sent you to enlighten him and you started praising him? What is happening? I suppose it is good that you didn't become a millenarian yourself.' As you can understand the military policeman had squealed on me."

Sunday, after church, the priest from Corinth who was coming into the camp to do the service, told us confidentially that the commander had asked him to stay behind a little more in order to see some heretic.

"I am afraid, Father, that you won't achieve anything," the theologian told him sceptically.

Shortly afterwards they brought in the millenarian so I was able to see him after all this time. He had lost weight, yet his eyes continued to glow with the same calmness. He went with the priest into the little room of the sanctuary and in about fifteen minutes they came out. The priest was indignant:

"Think of it, he had the gall to censure me because I bless their rifles, whereas Christ said 'love your enemies'!"

Three days later the theologian entered the office upset. "What can I say," he told me, "this matter with the millenarian is spreading. Now they are sending in the bishop and I am supposed to accompany him together with the military policeman!"

I was speechless. "What are you talking about? How come the bishop shows such interest?"

"It is the commander's doing, he wanted to exhaust all means of saving him. After the bishop comes the court-martial."

I was waiting for news in agony.

"It was something horrible," he told me when they came back. "You cannot imagine how much I suffered. I had the military policeman beside me and I could not say even a word. And yet I felt so strongly the need to say a few words of encouragement. The metropolitan received us altogether. 'Tell me, my son,' he told him, 'Why do you refuse to receive the gun that our motherland gives you?' The millenarian replied calmly: 'Because my religion does not allow it.' 'And why don't you believe in the only true religion, Orthodoxy?' The millenarian smiled sadly turned, and pointed at us: 'Which Orthodoxy? This one that does its work with military policemen whenever it cannot achieve success with the theologians?' The bishop became livid and he kicked us all

γοητευτική. Υστερα ο Κρητικός πήρε το βιολί του και μας έπαιξε δύο ρομαντικά κομμάτια.

Μετά ήρθε η σειρά μου. Περίμενα να γίνει ησυχία κι άρχισα να απαγγέλω ένα σονέτο του Μιχαήλ Αγγελου:

Στη γη, άλλο απ' το κάλλος δε μ' ευφραίνει
και ζωντανό στα ουράνια μ' ανεβάζει
μες στα πιο εκλεκτά πνεύματα με βάζει-
χάρη σπάνια στον άνθρωπο δοσμένη.

βουβά, χωρίς ν' ακούγεται ο παραμικρότερος στεναγμός. Ποιος ξέρει τι θα τού' καναν για να μη βαστάξει άλλο και να ξεφωνίσει. Και τι τρομερό, ένας άνθρωπος να κραυγάζει από πόνο μες στη νύχτα, την ώρα που εμείς ξένοιαστοι επιδιδόμασταν σε καλλιτεχνικές εκδηλώσεις...

Σταμάτησα ταραγμένος το ποίημα, κι ένας ένας αρχίσαμε να φεύγουμε με σκυμμένο κεφάλι. Εφυγα κι εγώ χωρίς να καληνυχτίσω κανέναν. Με φαρμάκωσε η σκέψη πως, ενώ χιλιάδες μάρτυρες σάπιζαν στις φυλακές και τα απομονωτήρια, εγώ εξακολουθούσα ακόμη να είμαι δοσμένος στην ομορφιά και τα ποιήματα.

out. On the way I was thinking that we did not differ much from the Scribes and the Pharisees."

A few days later along with several friends, we decided to meet one night at the tiers of the stadium in order to listen to music. A Cretan knew how to play the violin quite tolerably and a sergeant had a passion with the harmonica.

It was a sweet night. At our feet Corinth was spread out, across from us Loutraki was immobile in its lights and at the far end the Geraneia mountains were raising themselves most imposingly. The almost full moon was scattering its dim gold on the stadium tiers.

The sergeant with his harmonica started first. He was playing very comfortably and in the haziness of the moon his silhouette was fascinating. Then the Cretan took his violin and played two romantic pieces.

After this it was my turn. I waited until there was silence and I started reciting a sonnet of Michelangelo:

> On earth, other than beauty doesn't please me
> and while alive elevates me to the sky
> with the most select spirits standing by
> and a favour rare to humans given gives me

Suddenly, and while everybody was listening carefully, we heard some screams from the site of the petty officers' club. We were certain that it was the millenarian. Probably they were beating him up for the insolence he showed towards the bishop. And yet never before had we heard him scream. For almost a month he had been taking his beatings silently without giving out even a cry. Who knows what they were doing to him that he could no longer bear and that caused him to scream? And how horrible, that a human being was screaming from pain in the middle of the night at the time when we, carefree, were applying ourselves to artistic expression...

I stopped the poem, upset, and one by one we started leaving with our heads down. I left without saying good night to anyone. I was poisoned by the thought that while thousands of martyrs were rotting in jails and places of isolation, I continued to be devoted to beauty and to poetry.

Βίοι παράλληλοι

Στη φιλολογική Αθήνα του 1860 μεσουρανούσε ο Αλέξανδρος Ρίζος Ραγκαβής. Αριστοκράτης Φαναριώτης, υπήρξε είκοσι πέντε χρόνια καθηγητής της αρχαιολογίας, στο Πανεπιστήμιο Αθηνών, διετέλεσε πρεσβευτής και υπουργός των εξωτερικών, αντιπροσώπευσε την Ελλάδα στο συνέδριο του Βερολίνου και πάνω απ' όλα διέπρεψε ως διάσημος λογοτέχνης.

Ως ποιητής, είχε κάτι απ' την αβρότητα των στιχουργών του Φαναρίου. Στα πρώτα του ποιήματα ήταν ζεστή ακόμα η αγάπη του για τα λαϊκά θέματα και την κοινή λαλιά. Συνέθετε μάλιστα και στίχους για τραγουδάκια του συρμού. Αργότερα προσαρμόστηκε στις απαιτήσεις των καιρών και της βαβαροκρατίας, το γύρισε στην καθαρεύουσα και τα αρχαία θέματα κι έγινε ο σημαντικότερος αντιπρόσωπος του ελληνικού ρομαντισμού.

Πιο ραφινάτο πνεύμα δεν υπήρχε στην εποχή του. Περιζήτητος στα ελληνικά και ξένα σαλόνια, μιλώντας με άνεση τέσσερις γλώσσες, διέπρεπε όχι μόνο σε υποκλίσεις και χειροφιλήματα αλλά και στην ανεκδοτολογία. Είχε πολλά να διηγηθεί για τις σχέσεις του με τον Ουίτμαν όταν έκανε πρεσβευτής στην Ουάσιγκτον. Σε κάμποσα σαλόνια του εξωτερικού υπήρχαν πολλοί που δεν ήξεραν ποιος ήταν πρωθυπουργός στην Ελλάδα, ήξεραν όμως πως η Ελλάς έχει έναν λογοτέχνη πρώτου μεγέθους, τον Ραγκαβή. Τα έργα του μεταφράζονταν διαρκώς στα γαλλικά και γερμανικά, και κάθε ανταπόκριση από την Αθήνα για την πνευματική ζωή στην Ελλάδα ήταν αφιερωμένη σχεδόν εξ' ολοκλήρου σ αυτόν.

Κάθε έκδοση βιβλίου του αποτελούσε παγκόσμιο γεγονός, Στην αρχή τύπωνε στην Αθήνα, μικρά, κομψά βιβλία, «εκ της τυπογραφίας Α. Κορομηλά». Αργότερα, όταν απέκτησε διεθνή αίγλη, τύπωνε μόνο στο Βερολίνο και τη Λιψία, «εκ της τυπογραφίας Α. Δρουγουλίνου». Οι εκδόσεις αυτές είχαν συνήθως μέγα τέταρτο σχήμα, με χρυσά αυτοκρατορικά καπάκια και ράχη πλουμιστή. Βέβαια, κόστιζαν περιουσίες. Και φυσικά δεν υπήρχε καλό σπίτι στην Αθήνα, στην

Parallel Lives

In the literary Athens of the 1860s, Alexander Rizos Rangavis was at his zenith. A Phanariot aristocrat, he had been a professor of Archaeology for twenty-five years at the university of Athens, had been an ambassador, and for a time, Minister of External Affairs, had represented Greece in the Congress of Berlin, and above all, he was pre-eminent as a famous literary man.

As a poet he had something of the grace of the Phanariot rhymesters. In his first poems his love for the themes and the language of the people was still warm. In fact he was writing verses for popular songs. Later he adjusted to the demands of the times and of Bavarocracy[2] and switched to the puristic language and to ancient Greek themes, and became the most significant representative of Greek romanticism.

In his era, a more refined spirit than his couldn't be found. Much sought after in the Greek and foreign drawing rooms, and speaking four languages fluently, he excelled not only in bows and hand-kissings, but also as a raconteur. He had much to narrate regarding his relations with Bismark or about his acquaintance with Whitman when he was an ambassador in Washington. In some of the drawing rooms abroad there were many who did not know who the Prime Minister of Greece was, yet they knew that Greece had a literary man of the first order, namely Rangavis. His works were being translated into French and German and every report from Athens about the intellectual life of Greece was almost exclusively devoted to him.

Every publication of a book of his constituted a world event. First his books were published in Athens, small, stylish books 'from the publishing house of A. Koromilas.' Later, when he acquired international prestige, he was publishing his books exclusively in Berlin or Leipsig in 'the publishing house of A. Drougoulinos.' These editions were usually in great quarto style, with

---

[2]Reference to the period of King Otto's reign and the dictatorial influence of his Bavarian appointees.

Πόλη, στη Σμύρνη, στο Βουκουρέστι, που να μην προμηθεύονταν αμέσως το νέο του έργο. Και δος του οι εφημερίδες συνεντεύξεις και άρθρα εγκωμιαστικά και κριτικές με πηχιαίους τίτλους.

Ο Ραγκαβής διέπρεψε ακόμη και ως θεατρικός συγγραφέας. Δικό του έργο είναι «Του Κουτρούλη ο γάμος», που ο τίτλος του έγινε παροιμία.Εγραψε πολλές δεκατρισύλλαβες τραγωδίες και κωμωδίες, εμπνευσμένες από την αρχαία Ελλάδα και το Βυζάντιο, καθώς και αρκετά ειδύλλια και κωμειδύλλια με θέματα της εποχής του, που δείχνουν ότι τα κατάφερε και στην ηθογραφία. Κάθε πρεμιέρα έργου του την τιμούσαν με την παρουσία τους ο βασιλεύς Γεώργιος ο Α΄, η αυλή, η κυβέρνηση και το διπλωματικό σώμα. Ο βασιλεύς, μάλιστα, που είχε ιδιαίτερη αδυναμία στους ρομαντικούς, του απένειμε τέσσερις φορές τον μεγαλοσταυρό. Λένε ότι τα παράσημα του Ραγκαβή ξεπερνούσαν τα χρόνια του.

Στα τέλη της ζωής του συνέγραψε απομνημονεύματα, που κυκλοφόρησαν λίγο μετά τον θάνατό του. Εκεί αναφέρει λεπτομερώς σε πόσες χοροεσπερίδες παραβρέθηκε, πόσα χειροφιλήματα έδωσε, σε πόσα λευκώματα εκλεκτών νεανίδων έγραψε στίχους του, πως ήταν τα αμάξια της εποχής του, με πόσες διασημότητες συνέφαγε κτλ. κτλ. Τέλος, φρόντισε να τυπώσει και τα φιλολογικά άπαντά του σε είκοσι ωραίους τόμους. Σ' αυτά περιλαμβάνονται τα ποιητικά του έργα, το μυθιστόρημά του «Ο αυθέντης του Μωρέως», διάφορα άλλα πεζά και μελέτες, τα θεατρικά, μια γραμματολογία, διάφορες μεταφράσεις έργων εκ της παγκοσμίου φιλολογίας, και, τέλος, τα «αρχαιολογήματά» του. Είναι ο μόνος λογοτέχνης που αξιώθηκε να τυπώσει τα τόσο τεράστια άπαντά του, που ξεπερνούν κατά πολύ τα άπαντα του Παλαμά.

Πεθανε το 1892 πλήρης δόξης και τιμών, εννιά χρόνια πριν θεσπιστεί το βραβείο Νόμπελ.

Την ίδια εποχή στην Αθήνα ζούσε ένα παράξενο γερόντιο που το έλεγαν Μακρυγιάννη. Ηταν παλιός Ρουμελιώτης οπλαρχηγός, που ξεκίνησε από καφετζής στο Λιδορίκι και κατάφερε νεώτατος να γίνει στρατηγός. Πολέμησε λεβέντικα και γενναία στην Αρτα, στο Ναβαρίνο, στους Μύλους και υπεράσπισε την Αθήνα σε όλες τις περιπέτειες. Το αποτέλεσμα ήταν να γίνει το κορμί του κέντημα απ' τις πληγές, και χώρια οι διαρκείς προστριβές του με τους εκάστοτε ισχυρούς της ημέρας, τον Ανδρούτσο, τον Γκούρα, τον Γενναίο Κολοκοτρώνη, τον Καποδίστρια και άλλους. Με την αξία του και με

gold imperial covers and an ornamented crest. Of course they did cost a fortune. And naturally there was no respectable house in Athens, Contantinople, Smyrna or Bucharest which would not immediately procure every new work of his. Interviews in the newspapers, the praising articles and the reviews with banners were the order of the day.

Rangavis also excelled as a playwright; the play, *Koutrouli's Wedding*, that title becoming a proverbial expression, was written by him. He wrote many tragedies and comedies in thirteen syllable verse as inspired by ancient Greece or Byzantium, as well as quite a few romances and operettas with contemporary content which show that he could manage in the affairs of the heart. The opening nights of his plays were always honoured by the presence of King George I, the court, the government and the entire diplomatic corps. And indeed the King, who was partial to the romantics, presented him with the Grand Cross four times. It is said that the decorations Rangavis received exceeded his years.

At the sunset of his life he wrote his memoirs which were published soon after his death. There he mentions in detail, how many dances he had attended, how many hand-kisses he gave, in how many young ladies' scrapbooks he wrote verses, how were the carriages of his time, with how many VIP's of his time he had dinner, etc., etc. Finally, he took care so that his complete works were published in twenty beautiful volumes. In these are included his poetic works, his novel *The Master of Peloponnese*, several works of prose and studies, the plays, a history of modern Greek literature, various translations of foreign literary works and finally his 'archaeologemes'. He is the only man of letters who managed to publish such voluminous complete works, even more expansive than the complete works of Palamas'.

He died in 1892 full of glory and honours, nine years before the establishment of the Nobel prize for literature.

At about the same time there lived in Athens a very strange old timer called Makrygiannis. He was from Roumeli and used to be a leader of irregular forces.[3] He began as a cafe-keeper in Lidoriki, and while very young, he managed to become a General. He fought upstandingly and bravely in Arta, Navarino, Myloi, and defended Athens in all of her tribulations. His body resem-

---

[3] Revolutionary forces in opposition to the Turkish rule

την εντιμότητά του κατάφερε να εκλεγεί πολλές φορές πληρεξούσιος στις διάφορες εθνοσυνελεύσεις, όπου αγωνίζονταν με πείσμα εναντίον κάθε αδικίας. Πριν ακόμα η Αθήνα γίνει πρωτεύουσα της Ελλάδος, εγκαταστάθηκε μόνιμα σ' αυτήν, υπήρξε μάλιστα και ένας από τους πρώτους της δημοτικούς συμβούλους. Κοντά στις στήλες του Ολυμπίου Διός, εκεί που είναι σήμερα προς τιμή του η συνοικία Μακρυγιάννη, αγόρασε ένα χωραφάκι με μια σπηλιά, έχτισε ένα σπίτι για τα δώδεκα παιδιά του και μετέτρεψε τη σπηλιά σε παρεκκλήσι. Απ' αυτή την τρύπα εξακολούθησε να τα βάζει με τους δυνατούς: τον Όθωνα, τον Αρμανσμπεργκ, τον Χριστίδη, τον Καλλέργη και απαξάπαντες τους πρωθυπουργούς. Δεν μπορούσε να πνίξει την οργή του για τις αδικίες που έβλεπε γύρω του, την εξολόθρευση των παλιών αγωνιστών, το πλιατσικολόγημα των μοναστηριών και πάνω απ' όλα την κωλυσιέργειά τους να δώσουν σύνταγμα στο λαό. Το σύνταγμα ήταν το μόνιμο μεράκι του. Γι' αυτό και αποτόλμησε το κίνημα της Τρίτης Σεπτεμβρίου 1843, που ήταν έργο καθαρά δικό του. Αυτό ο Όθων δεν του το συγχώρησε ποτέ. Άρχισαν οι κατατρεγμοί απ' το παλάτι, τις κυβερνήσεις, τους ίδιους τους παλιούς του συνεργάτες, η μια δολοφονική απόπειρα εναντίον του διαδέχονταν την άλλη, οι ανακρίσεις ήταν απανωτές, οι περιορισμοί κατ' οίκον, το σύρσιμο στις φυλακές, τα βασανιστήρια. Στο τέλος καταδικάστηκε κι αυτός σε θάνατο για συνωμοσία κατά της ζωής του Όθωνα και γλίτωσε το κεφάλι του μόλις και μετά βίας, χάρη στην επέμβαση διαφόρων προσωπικοτήτων.

Οι πολλές πληγές που είχε στο κορμί του τον είχαν μεταβάλει σ' ένα ιδιότροπο και στριμμένο μορμολύκειο, γερασμένο πριν την ώρα του. Τίποτα δε θύμιζε τον ωραίο λεβέντη του 1821, όπως τον ξέρουμε από τη γνωστή γκραβούρα. Αυτό λοιπόν το χούφταλο από καιρό είχε μεράκι να γράψει τα όσα έζησε. Ήξερε απ' τα νιάτα του πέντε κολλυβογράμματα, έμαθε κι άλλα πέντε από ένα εγγόνι του, και μια και δυο άρχισε να δοκιμάζει στο χαρτί τα ορνιθοσκαλίσματά του. Αφού τελείωσε όλο το Εικοσιένα, καταπιάστηκε και με τη βαβαροκρατία. Τίποτα δεν αναφέρει που να μην το έζησε από κοντά. Μας χάρισε τριάντα χρόνια νεοελληνικής ζωής, όχι όπως τα ξέρουμε απ' τα εγχειρίδια ιστορίας, αλλά όπως τα είδε ένας ντόμπρος και αχάλαστος λαϊκός άνθρωπος. Βέβαια, όλα αυτά τά 'ριχνε στο χαρτί όπως του 'ρχονταν, σα να μιλούσε – δεν αποκλείεται, μάλιστα,

bled an embroidery from the wounds. In addition he suffered from the continuous frictions with those who happened to be the powerful men of the day, such as Androutsos, Gouras, Gennaios Colokotronis, Capodistrias and others. His honesty and merit helped him to be elected proxy of the people many times in various national assemblies where he fought with obstinancy against all injustice. He moved to Athens and established himself there permanently, before it became the capital of Greece, and in fact he was one of the city's first aldermen. Near the pillars of the Olympian Zeus, where today the neighbourhood is called Makrygianni in his honour, he bought a small farmland with a cave, built a house for his twelve children and transformed this cave into a chapel. From there, that hole in the ground, he continued to tangle with the powerful ones: King Otto, Armansberg, Christidhis, Callerghis and all, without exception, of the Prime Ministers. He could not smother his indignation for the injustices taking place in front of his eyes, the wiping out of the old veterans, the plunder of the monasteries, and above all, their systematic stone-walling so as not to give to the people a constitution. The constitution was his permanent ardent desire. This is why he dared the revolt of the third of September, 1843, an act that was purely his work. King Otto never forgave him for this. As a result, the persecution started, instigated by the palace, the governments, and even by his old colleagues; one assassination attempt against his life was succeeding another, the interrogations were continuous as were the house arrests, the draggings into jails, the tortures. Finally, he was sentenced to die for conspiring against the life of Otto, but his head was saved at the last moment, thanks to the intervention of various personalities.

The many wounds on his body had turned him into an odd, crotchety scarecrow, aged before its time. There was nothing left to remind one of the handsome, upstanding man of 1821, as we know him from the well-known gravure. And yet this old crock of a man had, for a very long time, the desire to write down his life experiences. Half literate from his youth, thanks to one of his grandsons he became literate enough to write, and one day he started marking a paper with his scrawls. After he was finished with the events of the Revolution of 1821, he took up the period of the 'Bavarocracy'. Nothing was mentioned that he had not

πρώτα να τά 'λεγε φωναχτά και μετά να τά 'γραφε. Είναι μυστήριο που βρήκε ο άνθρωπος αυτός τόση υπομονή για να γράψει πεντακόσιες σελίδες, και πως κατάφερε να τα θυμηθεί όλα με το νι και με το σίγμα, ακόμα και ολόκληρες στιχομυθίες. Και σα να μην έφταναν αυτά, ξόδεψε ό,τι είχε και δεν είχε για να πληρώσει έναν λαϊκό ζωγράφο να του «ιστορήσει» το 21, όπως αυτός το είδε και το έζησε, κι όχι όπως το είχαν μολέψει οι διάφοροι ξένοι και ξενομαθημένοι.

Δυο χρόνια μετά την εκθρόνιση του Οθωνα πέθανε κι αυτός απ' τις παλιές πληγές και την εξάντληση. Κοιμήθηκε ταπεινά τον ύπνο του δικαίου, την ίδια χρονιά που κυκλοφόρησε σε υπερπολυτελή έκδοση ο «Διονύσου πλους» του Ραγκαβή. Από τότε πέρασαν εκατό χρόνια και. Η Ελλάδα δοκίμασε πολλές βαβαροκρατίες. Ο ρομαντισμός έπεσε σα χάρτινος πύργος. Ο Ραγκαβής εκτοπίστηκε απ' τον Παλαμά, ο Παλαμάς εξαφανίστηκε απ' τον Καβάφη. Ο Ραγκαβής ξεχάστηκε ολότελα. Τα ποιήματά του θεωρήθηκαν αντίγραφα των Γάλλων ρομαντικών, το μυθιστόρημά του κρίθηκε σαν απομίμηση του «Ιβανόη» του Ουώλτερ Σκοτ, η γραμματολογία του είναι αφόρητη, τα θεατρικά του δε διαβάζονται, τα αρχαιολογήματά του αποδείχτηκαν φτηνά μαζέματα από δω κι από κει. Το όνομά του θα το βρείτε βέβαια σε μερικές σχολαστικές γραμματολογίες, ο «Διονύσου πλους» υπάρχει ακόμα σε μερικές παλιές ανθολογίες και οι είκοσι τόμοι των απάντων του κοσμούν αζήτητοι μερικές δημόσιες βιβλιοθήκες. Επεσε ο κολοσσός της παλιάς αθηναϊκής σχολής τίποτα δεν έμεινε απ' το πέρασμά του.

Κι ο Μακρυγιάννης; το μορμολύκειο της βαβαροκρατίας; Αυτός βέβαια δεν λαχταρούσε φιλολογικές δόξες, απλώς ήθελε να μας αφήσει γραμμένη την ιστορία του, να μάθουμε από πρώτο χέρι τι τέρατα κυβέρνησαν και χαντάκωσαν την Ελλάδα. Για πολλά χρόνια τα χειρόγραφά του είχαν χαθεί, μέχρι που τ' ανακάλυψε ο Βλαχογιάννης σ' ένα μπακάλικο, που τα είχαν για να τυλίγουν αντσούγες. Τα αγόρασε, τα διάβασε και με χίλια βάσανα κατάφερε να τα τυπώσει το 1907. Ολοι έμειναν κατάπληκτοι από τη λογοτεχνική τους αξία, τη ζουμερή λαϊκή γλώσσα, την παραστατική αφήγηση, τους ολοζώντανους διαλόγους, τους επιγραμματικούς χαρακτηρισμούς, τη λαϊκή θυμοσοφία. Κανείς άλλος δεν μας έδωσε τόσο δραματικά τις δύο εποχές 1821 – βαβαροκρατία και κανείς άλλος δεν ζωγράφισε πιο παραστατικά την ψυχή και τα πάθη του

experienced closely. In this way, he endowed us with thirty years of modern Greek life, not as we know them from the textbooks of history, the newspapers and the paid pen-pushers, but as they were seen by an outspoken and undamaged man of the people. Of course all this he was literally throwing upon the paper, the way the memories were coming to him, as if he were talking - and it is not impossible that indeed first he was saying aloud what he wanted and then writing it down. One wonders where this man found the patience needed to write five hundred pages by hand, and how he succeeded remembering in great detail even full fast moving dialogues. And as if this were not enough, he spent whatever little money he had to pay a folk painter to relate in pictures the 1821 as he saw it and lived it, not as it had been defiled by various foreigners and Greeks schooled in the way of foreigners.

Two years after the dethronement of Otto, he, too, departed, dying from his old wounds and exhaustion. He slept humbly the sleep of the rightful the same year that the superluxurious edition of Rangavis' *The Sailing of Dionysus* was put into circulation. Since then more than one hundred years have passed. Greece has experienced many 'Bavarocracies'. Romanticism collapsed like a paper castle. Rangavis was displaced by Palamas, Palamas was put out of sight by Kavafis. Rangavis is totally forgotten. His poems were judged to be poor copies of the French romanticists, his novel an imitation of Walter Scott's *Ivanhoe*, his history of literature unbearable, his plays as unreadable and finally his 'archaeologemes' proved to be cheap pickings from here and there. You will find his name of course in some scholastic histories of literature, his *Sailing of Dionysus* can be located in some old anthologies and the twenty volumes of his complete works adorn, unrequested, a few public libraries. The colossus of the Old Athenian school has fallen, and there is nothing left to indicate his passage.

And Makrygiannis? The scarecrow of the 'Bavarocracy'? He of course never felt the yearning of literary glories, he simply wanted to leave behind his written history, so that we could learn first hand what kind of monsters governed and ruined Greece. His manuscripts were lost for many years until Vlahogiannis discovered them in a grocery store where they had them to wrap anchovies. He bought them, read them and with much difficulty

λαού μας. Σιγά σιγά τα απομνημονεύματα του Μακρυγιάννη άρχισαν να καταχτούν και τους πιο δύσκολους γραμματολόγους, να τυπώνονται ξανά και ξανά, να μεταφράζονται έξω και να θεωρούνται από μερικούς ισάξια με τα πεζογραφήματα του Παπαδιαμάντη. Σήμερα ο καφετζής από το Λιδορίκι είναι ένας απ' τους μεγαλύτερους λογοτέχνες μας, κι ας μην αξιώθηκε ποτέ στη ζωή του ούτε τους μεγαλοσταυρούς του Γεωργίου, ούτε τα γεύματα του Μπίσμαρκ, ούτε καν μια συνεντευξούλα στις εφημερίδες της εποχής του.

published them in 1907. All were surprised by their literary value, the grassroots language, the vivid narration, the lively dialogues, the succinct characterizations, and the popular sagacity. No one else has given us so dramatically the two periods (1821 and 'Bavarocracy') and no one else has succeeded drawing so vividly the soul and the passions of our people. Slowly, slowly the memoirs of Makrygiannis started conquering even the most difficult grammatologists, being printed again and again, translated abroad and considered of equal worth with the work of Papadhiamantis. Today the cafe-keeper from Lidoriki is one of our greatest literary men, though never in his lifetime did he have the Grand Crosses of King George, nor the dinners with Bismark, not even a small interview in the newspapers of his time.

Στη Σκύρο

Το μικρό αυτοκινητάκι του φίλου μου αγκομαχούσε στον κακοτράχαλο δρόμο. Πηγαίναμε στο μνήμα του Άγγλου ποιητή, μα η ώρα περνούσε, η ανηφόρα δε βοηθούσε, ο ήλιος κόντευε να δύσει, κι ακόμη να φανεί ο μικρός ελαιώνας. Γεμάτοι λύπη, αποφασίσαμε να επιστρέψουμε στη Σκύρο και να το αφήσουμε γι' άλλη φορά.

Είχε πια σκοτεινιάσει για καλά, όταν στο δρόμο συναντήσαμε ένα ζευγαράκι, που γύριζε με μια μοτοσυκλέτα. Εκείνος γύρω στα είκοσι πέντε, μελαχρινός, λαϊκό καμάκι, εκείνη γύρω στα είκοσι, ξανθιά, προφανώς ξένη. Είχανε πάει, φαίνεται, για τσαϊράδα, μα στην επιστροφή τους χάλασε το μηχανάκι, και τώρα ήτανε αναγκασμένοι να το σπρώχνουνε σιγά σιγά – ξινά τους είχαν βγει τα ζαχαρώματα. Γεμάτος αγωνία μας σταμάτησε ο νεαρός και ρώτησε ευγενικά αν είχαμε κάποιο εργαλείο που του χρειάζονταν. Μα για κακή του τύχη, δεν το είχαμε. Ο νεαρός μαράθηκε, μας κακοφάνηκε και μας που δεν μπορούσαμε να βοηθήσουμε σε τίποτε. Η ξένη κάθονταν παράμερα και παρακολουθούσε χωρίς να δείχνει πως καταλαβαίνει. Μες στην αμηχανία μας, ο νεαρός μας παρακάλεσε να πάρουμε μαζί μας την κοπέλα. Δεχτήκαμε μετά χαράς. Μα όταν πήγε και της τό 'πε, εκείνη άρχισε να ουρλιάζει «νο, νο, νο», και κόλλησε επάνω του σα στρείδι, και τον τραβούσε μακριά μας με μανία Ήτανε ολοφάνερο πως προτιμούσε τη ταλαιπωρία μαζί του παρά να χωριστεί από τον φίλο της. Είδε κι αποείδε τότε εκείνος, και μας έκανε νόημα να φύγουμε. Βάλαμε μπρος περίλυποι, αφήνοντάς τους μες στην ερημιά να σπρώχνουνε το χαλασμένο μηχανάκι.

«Πόση ώρα θέλουν ως τη Σκύρο;» ρώτησα μια στιγμή το φίλο μου. «Θα περπατάνε όλη τη νύχτα», μου απάντησε. Και ξαφνικά, χωρίς καλά καλά να καταλάβουμε, μας τύλιξε ο θαυμασμός για την κοπέλα. Είχαμε χάσει το προσκύνημα της ποίησης, μα προσκυνήσαμε την ίδια την αγάπη.

In Skyros

The small car of my friend puffed and blew on the rough road. We were going to the grave of the English poet[4] but time was ticking away fast, the uphill road was not helping, the sun was near setting and yet the small olive grove was not yet in sight. Full of sorrow we decided to return to Skyros and to put our visit off for another day.

It was already dark when we met a couple on the road who were returning with a motorcycle. He was around twenty-five, brown, a typical lower class 'picker-upper', and she around twenty, blond, obviously non-Greek. It seemed that they had gone to fool around, and on their return the motorcycle had broken down and now they were forced to push it slowly, slowly – the sweetness of the fondling had turned sour after all. Full of anxiety the young man stopped us and asked politely if we had a tool that he could use. Unfortunately for him we did not have it. The young man was wilted. We too felt badly that we could not help in any way. The foreign girl stood aside observing us without showing any signs of understanding. In our perplexity the young man begged us to give a ride to the girl. We gladly agreed. Yet, when he went and told her she started screaming, "No, no, no," stuck on him like a leech and was pulling him away from us frantically. It was more than obvious that she preferred hardship over separation from her friend. He finally gave up and nodded to us to leave. We started off sick at heart. We left them behind in the wilderness pushing their broken motorcycle.

"How long is it going to take them to get to Skyros?" I asked my friend. "They will have to walk all night," he replied. And suddenly, without even realizing it, our admiration for the girl enveloped us. We had failed to make our pilgrimage to poetry, but we had made our pilgrimage to Love, herself.

[4]English poet Rupert Brooks

Καθηγητής θρησκευτικών

Ο κ. Τιμόθεος, γόνος βυζαντινής οικογενείας που ανάγονταν στους τελευταίους Κομνηνούς, συμμαθητής και μάλιστα συγκάτοικος με τον πατριάρχη Αθηναγόρα όταν σπούδαζαν στη Χάλκη, δε ντρέπονταν να γυρνάει στους δρόμους με ξηλωμένο παλτό. Ο πατέρας μου, απλοϊκός άνθρωπος, σκανδαλίζονταν κάθε φορά που τον έβλεπε, και δεν μπορούσε να το χωνέψει, πως ένας τόσο σπουδαίος γυμνασιάρχης γυρνούσε σα σελέμης. Και καλά αυτός – άμ οι κόρες του; δεν μπορούσαν να του ράψουν ένα κουμπί; Η μάνα μου όμως, που τον ήξερε καλά από την Πόλη, έλεγε πως τέτοιος ήταν ανέκαθεν. Δεκαεφτά χρονώ, λέει, είχε γίνει καλόγερος και πήγαινε για δεσπότης, αλλά αρρώστησε βαριά και μπήκε στο νοσοκομείο. Εκεί ερωτεύτηκε μια νοσοκόμα, που του έχυνε το τσουκάλι. Πετάει, που λες, ο καλός σου, τα ράσα, και μια και δυό την παντρεύεται με φουσκωμένη κοιλιά. Τέσσερα χρόνια έζησαν στεφανωμένοι, πέντε παιδιά πρόλαβαν κι έκαναν. Κι απάνω στον πέμπτο, η νοσοκόμα του άφησε χρόνους. Υστερα απ' αυτά ο Τιμόθεος παραμέλησε εντελώς τον εαυτό του. Ούτε για φαΐ νοιάζονταν ούτε για ντύσιμο, ένας Θεός ξέρει πως μεγάλωσαν αυτά τα παιδιά.

Υστερα βρέθηκε πρόσφυγας στη Θεσσαλονίκη, καθηγητής θρησκευτικών, ιεροψάλτης, δημοσιογράφος και διορθωτής. Οταν έγινε η Εθνική Αμυνα, φανατικός βενιζελικός, ξεσήκωσε όλους τους μαθητές του να καταταχτούν στο στρατό του Δαγκλή. Ο ίδιος τριγύριζε με τη στρατιωτική στολή και έτσι δίδασκε. Με τον μητροπολίτη Γεννάδιο δεν τα πήγαινε καθόλου καλά, δεν του συγχωρούσε την απόσπαση των μητροπόλεων Μακεδονίας-Θράκης από το Πατριαρχείο και την ένταξή τους στην αυτοκέφαλη Εκκλησία της Ελλάδος. Φυσικά τα μαλλώματα αυτά του στοίχισαν αρκετές δυσμενείς μεταθέσεις καθώς και πολλές άλλες περιπέτειες.

Ως καθηγητής θρησκευτικών δεν έκρυβε το αντικληρικό του πνεύμα. Είχε μετατρέψει το μάθημά του σε χριστιανική κοινωνιολογία, και με τις προοδευτικές του αντιλήψεις δεν δίσταζε

Teacher of Religious Studies

Mister Timotheos, the offspring of a byzantine family with its roots in the last emperors, a colleague and indeed a room-mate of the Patriarch Athenagoras when they were studying in Halki, was not ashamed to go around in the streets with the seams of his overcoat ripped. My father, a simple-minded man, was scandalized every time he saw him, and could not stomach that such an important high school principal was going around looking like a bum. It could be just as well for him, but what about his daughters? Couldn't they sew a button on for him? Yet, my mother, who knew him well from Constantinople, was saying that he had been like that all along. At seventeen years of age he became a monk and was aspiring to becoming a bishop, but was taken seriously ill and entered the hospital. There he fell in love with a nurse, the one who was emptying his pee pot. Our good one then throws away his frock, and marries her with her belly already bulging out. For four years they lived married, five children they had time to produce. And with the fifth the nurse passed away. After this, Timotheos totally neglected himself. He cared neither about food nor about clothing. Only God knows how his children were raised.

Later on, he found himself a refugee in Thessaloniki, teacher of religious studies, chanter, journalist and proof-reader. At the time of the movement of National Defence[5], being a fanatical supporter of Venizelos[6], he incited all his students to enlist in the army of General Daglis. Timotheos himself was going around dressed up in a military uniform, and this is how he was doing his teaching. He was not on good terms with bishop Ghennadhios; he never forgave him for the breaking away of the metropolises of Macedonia and of Thrace from the Patriarchate and their accession to the autocephalous[7] Church of Greece. Naturally these quarrels cost him several unfavourable transfers and many other adventures.

---

[5]Reference to Greece's participation in Word War I
[6]Prime Minister during World War I
[7]Administratively autonomous

να κατακρίνει τους Τρεις Ιεράρχες που θέσπισαν τους τύπους και τα δόγματα της Εκκλησίας και μας απομάκρυναν έτσι από το ζωντανό κήρυγμα του Χριστού.

Μεταπολεμικά, λίγα χρόνια πριν βγει στη σύνταξη, τον πρόλαβα κι εγώ. Τον είχαμε στη δευτέρα γυμνασίου. Σωστή στέκα, μαυρειδερός και ξερακιανός, με μουστάκια τσιγκέλια και ματάκια σταφίδες, στέκονταν πάντα μπροστά στην έδρα, με τα χέρια ενωμένα επάνω στην κοιλιά. Η μανία του ήταν να βρίσκει λάθη στα διδακτικά βιβλία των θρησκευτικών και να μας βάζει να τα διορθώνουμε στο περιθώριο. Θυμάμαι ολόκληρη διαλεκτική του περί του αν ο Ιησούς πήγε για πρώτη φορά στα Ιεροσόλυμα όταν έγινε δωδεκαετής, ή, ναι μεν πήγαινε κάθε χρόνο με τους γονείς του αλλά το επεισόδιο συνέβη όταν ήταν δώδεκα χρονώ. Και χώρια που κάγχαζε όταν κανείς αφελής νόμιζε πως οι Μάγοι προσκύνησαν το Χριστό μες στη Φάτνη: «Ενάμιση χρόνο βρε κουφιοκεφαλάκη, το μωρό βρίσκονταν μέσα στο αχούρι;» Με τον ίδιο τρόπο προσπαθούσε να μας ανοίξει τα μάτια και κριτικάριζε ένα σωρό πρόσωπα, ιστορικά και σύγχρονα. Κυρίως τα είχε με τα κατηχητικά, που εφάρμοζαν μεθόδους των διαμαρτυρομένων.

Ταχτικός σε εσπερινούς και ευχέλαια, ανταποκριτής της εφημερίδος των Πατριαρχείων «Ο Απόστολος Ανδρέας», είχε βγει πια στη σύνταξη, και μάλιστα για λίγο διακινδύνεψε την ορθοδοξία του ως γυμνασιάρχης στο Καλαμαρί! Τα καλοκαίρια συνήθως παραθέριζε στο Αγιον Ορος, όπου οι καλόγεροι τον ήξεραν και τον εκτιμούσαν για τη γνήσια βυζαντινή του ψαλτική. Ο κ. Τιμόθεος, ακολουθώντας το τυπικό, απέφευγε να μένει παραπάνω από τρεις μέρες σε κάθε μοναστήρι, κι έτσι τη βόλευε ακριβώς δύο μήνες, μελετώντας αιωνίως ανέκδοτους κώδικες και ετοιμάζοντας για έκδοση ένα κείμενο του Ωριγένη με κριτικό υπόμνημα. Ενα καλοκαίρι, τον βρήκαν στο Αγιο Ορος μια συντροφιά φοιτητές της παλαιογραφίας ο κ. Τιμόθεος, που τους πήρε για απλούς τουρίστες, άρχισε να τους κάνει το ξεφτέρι περί τους κώδικες με το πες-πες όμως το μυρίστηκαν και του άρχισαν το γαζί, το ίδιο βράδυ ο κ. γυμνασιάρχης έγινε άφαντος. Και φυσικά ο Ωριγένης δεν αξιώθηκε ακόμη να βγει σε κριτική έκδοση.

Τους χειμώνες έμενε στις παντρεμένες κόρες του ή στους γιούς του, μα τους δημιουργούσε πολλά ζητήματα, γιατί ήταν πολύ τρυφερός με τις υπηρέτριες. Οταν μετακόμισε στον μικρότερο γιό

As a teacher of religious studies he was not hiding his anticlerical spirit. He had converted his course into Christian sociology, and with his progressive views, did not hesitate to censure the Three Prelates[8], who decreed the conventions and the dogmas of the Church, and in so doing alienated us from the living sermon of Christ.

After the war, a few years before his retirement, I, too, had him as a teacher in grade eight. Thin as a rake, swarthy and spare with a handlebar moustache and bitty little eyes like raisins, he was always standing in front of the teacher's desk with his hands clasped across on his belly. His whim was to find errors in the text books of religious studies and to direct us to correct them in the margins. I still remember a whole dialectic as to whether Jesus went for the first time to Jerusalem when he was twelve, or alternatively, he was going every year with his parents but the incident took place when he was twelve. Let alone that he would guffaw whenever someone was naive enough to believe that the Wisemen kneeled before Christ in the manger: "One and one-half years, you empty-headed, the baby was in the barn?" In a similar vein he was trying to enlighten us, criticizing a whole bunch of people, both historical and contemporary. Mainly he had a gun trained on the Sunday schools because they were applying the tactics of the Protestants[9].

A regular in the vespers and in the holy unctions, correspondent of the Patriarchate's newspaper, *The Apostle Andrew*, he had already retired, and indeed for awhile he jeopardized his orthodoxy by accepting a principalship in the Kalamari Catholic school! In the summers he usually vacationed in the Holy Mountain Athos, where the monks respected him for his genuine byzantine chanting. Mr. Timotheos, following the prescribed tradition, avoided staying for more than three days in each monastery and in so doing he was managing to vacation for exactly two months every summer eternally studying unpublished codes and preparing a work of Origenes[10] with a critical annotation for publication. During one of those summers a group of paleography students met him in the Holy Mountain, and Mr. Timotheos, mistaking them for simple tourists, started playing the know-it-all about the codes; however, as one thing led to another, the students got wind of his pretentions and started pulling

---

[8]4th Century Greek Orthodox Saints
[9]Reference to the setting up of Sunday Schools
[10]3rd Century Church Father

του, το τρίτο βράδυ κιόλας, ρίχτηκε στην υπηρέτρια, μια Μαρία απ' τα Καϊλάρια, δεκαπέντε χρονώ. Στην αρχή η Μαρία τον αποπήρε: «Καλέ, εσείς, ένας θεοσεβούμενος άνθρωπος!» Ποιος ξέρει όμως τι της υποσχέθηκε ο γέρος, και σε λίγο καιρό η Μαρία άρχισε να πετάει κάτι κουβέντες, πως, να, καλέ, αγαπιόντουσαν και θα παντρεύονταν, και μάλιστα (αυτό κυρίως) θα της τα έγραφε όλα επάνω της.

Τα πράγματα μέρα με τη μέρα πήγαιναν στο χειρότερο. Ο γιός του, όλο νεύρα, τον απειλούσε να τον πετάξει με τις κλοτσιές, η νύφη περίμενε παιδί κι απέφευγε τις συγχύσεις, η συμπεθέρα ζητούσε την κεφαλήν του επί πίνακι. Κι απάνω στους μεγάλους καβγάδες, πέφτει στο γέρο το λαχείο: 150 χιλιάδες! Στο άψε-σβήσε ετοίμασαν τα βαλιτσάκια τους, κι ενώ το ζεύγος κοιμούνταν στην κρεβατοκάμαρα, έφυγαν πατώντας στα νύχια σαν τους κλέφτες. Θα πήγαιναν στην Αθήνα ν' αγοράσουν διαμερισματάκι και να ζήσουν μαζί, μακριά απ' την κακία των γιών του, και, φυσικά, με στεφάνι. Το πρωί ο γιός σηκώθηκε ανύποπτος και δε βρήκε ούτε Μαρία ούτε γέρο. Μονάχα στη φρουτιέρα ένα χαρτάκι, που έγραφε με μεγάλα γράμματα: ΝΑ ΣΑΣ ΧΕΣΩ!

his leg. The same night Mr. Principal disappeared. Naturally, the publication of the critical edition of Origenes did not appear.

For winters he began staying with his married daughters or his sons, but he was creating many problems for them because he had a tendency to favour the female domestics. When he moved to his youngest son's house, by the third night, he had already made a pass at a fifteen year old domestic named Maria, from the town of Kailaria. In the beginning Maria told him off: "You, a God-fearing man!" Who knows, however, what the old man promised her and Maria started dropping some words to the effect that they were in love and going to get married, and indeed (mainly this) in his will he would settle all his property upon her.

Things were getting worse day by day. His son, a bundle of nerves, was threatening to kick him out, his daughter-in-law was expecting and wished to avoid getting upset, and his son's mother-in-law was asking for his head on a platter. In the middle of these all encompassing fights the old man wins the first prize in the lottery, 150 thousand drachmas! In a flash they prepared their luggage and, while the hosting couple were asleep in the bedroom, they left, tip-toeing like thieves. They would go to Athens, buy a small apartment and live together far away from the meanness of his sons and, naturally, they would be legally married.

In the morning the unsuspecting son got up and found neither Maria nor the old man. Only in the fruit platter was a little piece of paper on which was written with big letters:
                    SHIT ON ALL OF YOU!

Στέφαν Τσβαιχ

Πήγα στην Πράγα, καλεσμένος απ' την Ενωση των Τσέχων Συγγραφέων, και μεταξύ άλλων θέλησα να επισκεφθώ τον Κάφκα, για τον οποίο άκουγα πολλά. Με έτρωγε η περιέργεια γι' αυτό το νεαρό, που ένας μύθος είχε αρχίσει γύρω απ' το όνομά του, προτού καλά καλά να βγει το πρώτο του βιβλίο. Δεν είχε τύχει να διαβάσω τίποτε δικό του, κι αυτό με κέντριζε ακόμη περισσότερο. Ετσι αφέθηκα στον φίλτατο Μαξ Μπρόντ να με οδηγήσει στο στενό του φίλο.

Πήγαμε στο γερμανικό τομέα της Πράγας, όπου έμενε ο Κάφκα. Μας δέχτηκε κάπως ουδέτερα, σχεδόν με μια ανεπαίσθητη ειρωνεία στα στρογγυλά ματάκια του. Το μικροσκοπικό δωμάτιό του μύριζε κλεισούρα, ο Κάφκα έδειχνε κι αυτός κλειστός, κλειστοί και απροσπέλαστοι και οι δικοί του - ένιωσα άσκημα. Είπαμε λίγα λόγια, άσχετα και τυπικά (για τον καιρό, και για το ιδιαίτερο κλίμα της Πράγας), μα ούτε κουβέντα για λογοτεχνία. Οταν τον ρώτησα τι ετοίμαζε, μού 'πε αόριστα πως κάτι είχε στα σκαριά. Φεύγοντας εξομολογήθηκα στον Μπρόντ ότι ο φίλος του με απωθούσε. Εκείνος μου απάντησε ότι, παρ' όλα αυτά, ο Κάφκα κάποια μέρα θα γινότανε πολύ μεγάλος. Αθελα χαμογέλασα: πόσο μεγάλος; Ετσι κι αλλιώς, ήταν μια μετριότητα. Στα μάτια μου φαινότανε σαν ένα ανθρωπάκι, με κάτι το κομπλεξικό στο φέρσιμό του. Τίποτε δε μου άφησε η συζήτησή μας, ούτε μια λέξη του δε μού 'ρχεται τώρα στο νου. Σκέφτομαι μάλιστα πως, όταν διαλυθεί ο πρώιμος μύθος, ίσως ο Κάφκα καταποντιστεί μαζί με τόσους άλλους κι ίσως οι ερχόμενες γενιές να τον γνωρίσουν μόνο από αυτές τις σημειώσεις μου.

Stefan Zweig

I went to Prague, invited by the Union of Czech authors and, among others I wanted to visit, was Kafka, about whom I was hearing a lot. I was consumed with curiosity about this youth, around whose name a myth had started growing, almost prior to the publication of his first book. I did not have the chance to read any of his work and this was making it even more stimulating. Thus, I left myself in the hands of my dearest friend, Max Brod, to guide me to his close friend.

We went to the German district of Prague where Kafka lived. He received us somewhat neutrally, almost with an imperceptible irony in his round eyes. His tiny room was stuffy, Kafka appeared to be a stuffy character, stuffy and unapproachable were his relatives too; I felt badly. We had a brief exchange, formal and irrelevant (about the weather, the specific climate of Prague), not even one word about literature. When I asked him what he was preparing, he told me, vaguely, that he had something in the making. Leaving, I confessed to Brod that his friend was repulsing me. He replied that, in spite of all that, one day Kafka will be great. Unwillingly I smiled: How great? This way or the other he was a mediocrity. In my eyes he seemed like a base little man, with something odd on his face and something of a hangup in his behaviour. Our conversation left no trace, not even one word of his comes to mind. Indeed I think that when the precocious myth will dissolve, Kafka will sink and disappear together with so many others and perhaps the future generations will learn about him solely from these notes of mine.

Κλείτος

Κουφόβραση επικρατούσε στο στρατό. Απ' τον πρώτο στρατηγό μέχρι τον τελευταίο οπλίτη, όλοι βαρυγκομούσαν με τα νέα μέτρα του Αλεξάνδρου. Σαν να μην έφταναν οι γάμοι με Περσίδες, τα υποχρεωτικά σαρίκια κι οι βαρβαρικές στολές, μας έβγαλε και μια διαταγή, να πέφτουμε κάτω στη γη και να τον προσκυνάμε. Και να τον προσκυνάμε, ποιοί; Εμείς που πολεμήσαμε ως τα βάθη της Ασίας, για να γλιτώσουν οι λαοί απ' τους τυράννους. Πολλοί συνάδελφοι έρχονταν και μου έλεγαν: «Γιατί δεν του μιλάς; Εσένα σε ακούει». Κι όμως, δεν άκουγε κανέναν ο Αλέξανδρος. Μόνο τον εαυτό του και τους κόλακες. Κι εμένα που ήμουν εραστής του και σωτήρας του, με είχε κάνει πέρα και δε με λογάριαζε.

Σ' ένα συμπόσιο, μια νύχτα, εκεί που οι τζουτζέδες τού 'λεγαν πως ήτανε ανώτερος κι από θεός, κι αυτός τους άκουγε και φούσκωνε σα γαλοπούλα, δε βάσταξα και φώναξα για να μ' ακούσουν όλοι: «Αλέξανδρε, πως τους ανέχεσαι όλους αυτούς τους κόλακες; Αυτά που πέτυχες, μην το ξεχνάς, τα πέτυχες γιατί ήμασταν κι εμείς μαζί σου, οι Μακεδόνες. Εμείς σε βγάλαμε ασπροπρόσωπο στις μάχες, κι έπρεπε να μας σέβεσαι - και όχι να μας βάζεις σαν βαρβάρους να σε προσκυνάμε. Εμάς, τους φίλους σου, που τόσο σε τιμήσαμε, τώρα γιατί σαν εχθρός μας ατιμάζεις;» «Μην τον αφήνετε να συνεχίσει», ούρλιαξε ο Αλέξανδρος, κόκκινος σαν παντζάρι απ' το θυμό. «Κι όσο για σένα, σκύλε, αυτά που τόλμησες να ξεστομίσεις, θα τα πληρώσεις ακριβά». Σηκώνεται απ' το τραπέζι, τύφλα στο μεθύσι, και τρέμοντας από οργή, ορμάει προς το μέρος μου μαινόμενος, και πριν προλάβουν να τον συγκρατήσουν, αρπάζει λυσσιασμένα ένα ακόντιο και μου το μπήγει στην καρδιά. Επεσα κάτω και ξεψύχησα, μα πήγα απροσκύνητος.

Kleitos

A certain mugginess was prevalent in the camp. From the first general to the last infantry man, one and all were resentful of the new measures introduced by Alexander. As if the marriages with Persian maidens and the mandatory turbans and the barbarian uniforms were not enough, he now issued a new order to fall down on the earth and pay our respects. And who? We, the ones who have fought to the depths of Asia in order to free peoples from their tyrants. Many comrades in arms were coming to me, telling me, "Why don't you speak to him? He listens to you." And yet Alexander was not listening to anyone but himself and the flatterers. And me, who was his lifelong friend and saviour, he had pushed aside and did not even consider.

One night in a feast, at the moment when those clowns were telling him that he was higher than God, and he was listening, blown up like a turkey, I could not take it any longer and shouted so that everybody would hear, "Alexander, how can you tolerate all those flatterers? Don't forget that what you have achieved, you achieved it because we, the Macedonians, were with you. We saved your glory in the battles and you should have respected us instead of forcing us, as if we were barbarians, to fall down and pay our respects to you. Why do you dishonour your friends, as if you were an enemy?"

"Don't allow him to continue," Alexander screamed, beet red from his anger, "and as far as you are concerned, you son of a bitch, you, who dared to utter these words, will pay for it."

He gets off his table, stinking drunk and trembling from anger and he jumps against me enraged and, before they had a chance to stop him, he grabs a spear and thrusts it into my heart. I fell down and died, but I went without ever bowing my head.

Ο υπολοχαγός

Το σαραβαλιασμένο γερόντιο που μου μιλούσε, σιάζοντας κάθε λίγο τη μασέλα του, δεν ήταν άλλος απ' τον ερεθιστικό υπολοχαγό μου στην Κόρινθο, πριν μερικές δεκάδες χρόνια.

– Τι να σας πω, κύριε Δημητριάδη, είμαι περήφανος που είχα τέτοιους στρατιώτες σαν και σας.

– Μα δεν υπήρξα ως στρατιώτης τίποτα σπουδαίο.

– Ελάτε τώρα, πάντα μετριόφρων. Σας είδα και στην τηλεόραση, και η σύζυγός μου έχει διαβάσει πολλά βιβλία σας. Εγώ σας είχα καταλάβει από τότε πως θα γινόσασταν μια μέρα μεγάλος...

Με είχε καταλάβει από τότε...

Ημουνα νεοσύλλεκτος στο Κέντρο Εκπαιδεύσεως και είχα την ατυχία να πέσω στο λόχο του. Φημισμένο καψονόμουτρο, μας τάραζε όλη μέρα στο καψόνι, κι έβλεπες την άγρια ικανοποίηση στα μάτια του όταν λυγίζαμε και δεν αντέχαμε άλλο. Ωραίος (σαν τον Παύλο Μελά) αλλά άγριος, με γοήτευε μυστικά κι ας τον μισούσα. Φαίνεται όμως πως κι αυτός με είχε προσέξει και με κοίταζε παράξενα, ίσως γιατί με υποπτευόταν για την ψιλή φωνή μου.

Μια μέρα – θα είχε περάσει μήνας – με έβαλε θαλαμοφύλακα. Παραξενεύτηκα, γιατί θαλαμοφύλακες κατά κανόνα έμπαιναν οι αδιάθετοι, ενώ εγώ πήγαινα πάντα ορεξάτος στις ασκήσεις. Πρόσεξα ότι ο άλλος θαλαμοφύλακας ήταν ένα ωραίο μαγκάκι απ' τον Πειραιά, με κατάμαυρα μάτια, παχύ μουστάκι και ηλιοψημένα μπράτσα. Μαζεύτηκα σε μια γωνιά και ρίχτηκα στην αλληλογραφία για να τον αποφύγω. Εκείνος όμως με πλησίασε.

– Σειρά, με συγχωρείς. Κάτι θέλω να σου πω, χωρίς παρεξήγηση, ε; Ξέρεις τι λέω; Τώρα που λείπει ο λόχος και είμαστε μόνοι, τι λες, κάνουμε τίποτα;

– Σαν τι;

– Ελα τώρα, δεν καταλαβαίνεις; Τέτοια ευκαιρία δεν θα την ξαναβρούμε ποτέ. Κι έχω κάτι σηκωμάρες!

Του τό 'κοψα αμέσως.

The Lieutenant

The broken-down old man who was talking to me, straightening his dentures every so often, was no one else but the irritating lieutenant that I had in Corinth a few decades ago.

"What can I tell you, Mister Dhimitriadhis, I am very proud that I had soldiers like yourself."

"But I was nothing to write home about as a soldier."

"Oh, come on now, always so modest. I saw you on T.V., and my wife has read many of your books. But me, I knew since then, that one day you would become great."

He knew since then...

I was a young recruit in the training camp and I had the misfortune to be placed in the company he commanded. Infamous for dragooning in unnecessary exercise, he was torturing us all day long and you could see in his eyes the wild satisfaction he felt when we were breaking down and could not take anymore of his 'training'. Handsome (like Pavlos Melas) but wild, secretly I found him charming though I hated him. However, it appears that he had noticed me too and was staring at me strangely, perhaps because he was suspicious of my high-pitched voice.

One day, it must have been one month after we had been recruited, he assigned to me the duty of billet orderly. I was taken aback because this particular duty was reserved for those 'who were not feeling well for the day', and I was always looking forward to exercise. I noticed that the other billet orderly was a handsome, roguish young man from Peiraieus, with dark black eyes, a thick moustache and sunburned muscular arms. I purposely restricted myself to a corner and started writing letters in order to avoid him. But he did approach me.

"Pal, forgive me, can I tell you something without being misconstrued? You know what, now that the rest of the company are gone and we are alone, what do you say if we do something?"

- Άκου, συνάδελφε, φαίνεται πως με παρεξήγησες. Εμένα δε μου αρέσουν αυτά.

Εκείνος επέμενε.

- Γιατί; Στο στρατό όλα πρέπει να τα δοκιμάσει κανείς.
- Έτσι, ε; Εντάξει. Το μεσημέρι θα σε αναφέρω στο λοχαγό (έτσι λέγαμε τον υπολοχαγό) και θα του πω πως μου ρίχτηκες.

Σα να κάμφθηκε.

- Ώστε δε γουστάρεις δηλαδή. Παράξενο, πως έπεσα έξω.

Πέρασα στην αντεπίθεση.

- Δε με ξέρεις καλά. Είμαι ικανός να φτάσω και μέχρι τον διοικητή. Τι νόμισες δηλαδή, ότι θα μας ξεβρακώσεις;

Τότε μόνο κατάλαβε πως δεν χωράτευα κι ότι κινδύνευε.

- Ρε συνάδελφε, συμπάθα με. Μην πεις τίποτε στο λοχαγό, γιατί...
- Γιατί;
- Γιατί αυτός μ' έβαλε να σου ριχτώ. Με φώναξε προχτές και μου λέει: «Άκου, ρε μάγκα, μεθαύριο θα σε βάλω θαλαμοφύλακα μαζί με τον Δημητριάδη. Κοίτα, μου φαίνεται ντιγκιτάγκλ και θέλω να τον δοκιμάσω. Να του ριχτείς λοιπόν κανονικά και άμα τα κατεβάσει, να τον γαμήσεις. Άκουσες; Θέλω να ξέρω πόσες γυναίκες έχει ο λόχος». Τώρα όμως που κατάλαβα πως είσαι εντάξει, σου ζητώ πραγματικά συγνώμη, που δέχτηκα να μπω στο σχέδιο.

...Κι αυτό το καθήκι, ο ερεθιστικός υπολοχαγός, που ήθελε να με δοκιμάσει μ' αυτό τον τρόπο, στεκόταν τώρα μπροστά μου, μερικές δεκαετίες μετά, για να μου πει πως με είχε καταλάβει από τότε που θα γινόμουν κάποτε μεγάλος.

Τον είδα πάλι να σιάζει τη μασέλα του και βιάστηκα να τον αφήσω, πριν με πλημμυρίσει η αηδία.

"Like what?"

"Come on now, don't you understand? We will not find such opportunity again. And I am so horny!"

I cut him short immediately.

"Listen, pal, I think you misunderstand. I am not interested in things like these."

He insisted.

"Why? While in the army one should try everything."

"Is that so? Well, when the company comes back I will report you to the captain (that's how we called the lieutenant) and I will tell him that you made a pass at me."

He seemed to yield.

"So, you don't like it, eh! Strange, how could I have made such a mistake."

I continued the attack.

"Listen, you don't know me well. I am capable of going up to the division commander for something like this. What did you think, that I would pull my pants down?"

It was only then that he realized that I was not joking and that he was in danger.

"Pal, forgive me. Please don't say anything to the captain because..."

"Because?"

"Because he asked me to make a pass at you. He called me the other day and told me, 'Listen, man, the day after tomorrow I will assign you duty as a billet orderly together with Dhimitriadhis. I think he is a faggot and I want to test him. You are going to make a pass at him and if he pulls his pants down, screw him. Do you understand? I want to know if there are any women in the company.' Now I know that you are O.K. I apologize for accepting to be part of his plot."

And this piece of shit, the irritating lieutenant who wanted to test me in such a manner, was standing in front of me a few decades later, telling me that he knew since then, that one day I would be great.

I saw him straightening his dentures once more and I hastily left him before I was overcome with disgust.

Ο κ. Γαρύφαλλος

Στα σαράντα του χρόνια, ήταν ακόμα καιρός να δημιουργήσει τη ζωή του. Είχε ξοδέψει τα νιάτα του σε σοσιαλιστικούς αγώνες κι είχε κάνει καιρό στις φυλακές. Μετά, όταν βγήκε, ρίχτηκε με τα μούτρα στα διαβάσματα και τους έρωτες. Εγραφε ένα δοκίμιο για τον Γληνό και τα βράδια ξενυχτούσε στις σκοτεινές πλατείες. Κι εν τω μεταξύ έρχονταν οι επιταγές από τον πατέρα, που είχε μεγάλο εμπορικό σε μια πόλη της Θράκης. Οχι πως δεν είχε δουλέψει: και σε τυπογραφείο είχε κάνει, και δημοσιογράφος έγινε ένα φεγγάρι, και σε διάφορες δουλειές της πιάτσας είχε χωθεί. Μα όλα αυτά τα είχε κάνει πιο πολύ για περιπέτεια και λιγότερο για να βγάζει το ψωμί του. Και τώρα στα σαράντα του αισθανόταν πια αποκαμωμένος απ' αυτή την οικονομική αβεβαιότητα, και οι επιταγές του πατέρα τον πλήγωναν στο φιλότιμο. Μέσα του ξυπνούσε και πάλι η νοσταλγία της αγοράς κι άρχισε να ξαναπηγαίνει στα εμπορικά, που από χρόνια τα είχε εγκαταλείψει. Ανεβοκατέβαινε μεταξύ Βενιζέλου και Βαλαωρίτου, ανάμεσα στο χρηματιστήριο και το πρακτορείο, σκουπίζοντας κάθε λίγο τα γυαλιά του, με την αίσθηση πως ό,τι και να 'κανε, αυτοί οι έμποροι με τις στρογγυλές κοιλιές, οι καχύποπτοι χρηματομεσίτες και όλο το σινάφι των εμπορουπαλλήλων ποτέ δεν θα τον θεωρούσαν δικό τους άνθρωπο. Ηταν στιγμές που λιγοψυχούσε.

Μέσα από δισταγμούς και αμφιταλαντεύσεις άρχισε να βάζει σ' ενέργεια τα σχέδιά του. Ανοιξε ένα μικρό γραφείο κοντά στο χρηματιστήριο και το γέμισε με υφαντά της πατρίδας του: πλεχτά μεταξένια μαντίλια, πουκάμισα, τραπεζομάντιλα, υφαντά μαξιλάρια και σκεπάσματα για καναπέδες, όλα δουλεμένα με τέχνη και μαστοριά, πραγματικά εργόχειρα λαϊκής τέχνης για όσους ήξεραν απ' αυτά και είχαν απαυδήσει με τα νάϋλον και τα κρετόν. Κατάστρωσε έναν πρόχειρο κατάλογο γνωστών του, που έλπιζε πώς θα ενδιαφέρονταν για την πραμάτεια του, κι ύστερα έψαξε να βρει κανένα παιδί για υπάλληλο.

Mister Garyfallos

He still had time to clean up his act in his forties. He had spent his youth in the socialist struggle and as a result had been in jail for considerable time. Later, after his release, he pitched into reading and love affairs. He was writing a study on Ghlenos and consumed his sleepless nights in dark and out of the way squares. Meanwhile the money orders from his father, who owned a wholesale store in a city of Thrace, kept coming. Not that he was lazy; he had worked diligently in various jobs: in a printing house, in a newspaper and for some time even involved himself in business. But all these were seen, by him, mostly as adventures and not as efforts to earn his daily bread. And now, in his forties, he felt tired of this financial uncertainty and his father's cheques were wounding his pride. In his heart a longing for the market place was awakened and he returned to the wholesale stores he had forsaken a long time ago. He could be seen going back and forth between Venizelou and Valaoritou Street, between the stock market and the commercial agencies, cleaning his glasses every so on, feeling that no matter what he did, those merchants with the big round bellies, the suspicious brokers and in general the whole chorus of the commerce-employees, would never consider him as one of them. And there were moments that he was losing his nerve.

Nevertheless, and in spite of some hesitations and oscillations, he began putting his plans into practice. He opened a small office near the stock market and filled it up with handwoven textiles of his native town: knitted silk scarves, shirts, tablecloths, pillows and couch covers, all laboured in masterly fashion, real works of folk art for those with a discriminating taste and who were fed up with the plastics and the ready-made. He even made up a list of acquaintances that he felt would be interested in his merchandise, and began looking for a young man to employ as salesman.

Κάποιος γνωστός τού σύστησε έναν νέο που κάθονταν από καιρό άνεργος και ζητούσε δουλειά. Ηταν δεκαοχτώ χρονώ. Τόν έλεγαν Νίκο.
Ο κ. Γαρύφαλλος τον δέχτηκε στο γραφείο
- Ξανακάνατε άλλοτε τον πλασιέ;
- Οχι απάντησε δισταχτικά ο νέος. Ως τώρα δούλευα στα δημόσια έργα. Εκανα και στα λεμονάδικα
Είχε γλυκειά φωνή, σχεδόν παιδική, που μόλις άρχιζε να αποχτάει κάτι το αντρικό.
- Δεν είναι και τόσο εύκολη δουλειά. Πρέπει να μην σε κουράζουν τα τρεχάματα, να ξέρεις να μιλάς, να κάνεις παζάρια, να μεταχειρίζεσαι όλα τα μέσα για να κερδίσεις τον πελάτη...
- Ε, όσο γι' αυτό! έκανε ο Νίκος.
Ανοιξε δυό ντουλάπια και τού 'δειξε την πραμάτεια. Αστραφτερή και πολύχρωμη, θάμπωσε αμέσως τα μάτια του νεαρού. Κίτρινα και κόκκινα σκεπάσματα, με πράσινη γαρνιτούρα, για ανθοστάτες, μεγάλα σκεπάσματα, με λιλά καρό, για μεντέρια, μεταξωτά πουκάμισα και μεταξωτά μαντιλάκια, με χρυσή μπιρμπίλα, καρέντετάμπλ με όμορφα λαϊκά σχέδια, βοσκοπούλες και διακοσμητικά.
Ο Νίκος κοίταζε σα μαγεμένος και τα πράσινα μάτια του είχαν μια παράξενη χάρη. Ο κ. Γαρύφαλλος αισθάνθηκε κάτι να τον δένει σιγά σιγά.
- Ωραία, λοιπόν, είπε στο τέλος, βάζοντας πάλι στη ντουλάπα τα υφαντά. Θα σου δίνω ένα 20% και νομίζω πως θα πρέπει να μείνεις ικανοποιημένος.
Το παιδί σκέφτηκε λίγο σιωπηλά παίζοντας με τα δάχτυλά του.
Ο κ. Γαρύφαλλος δίστασε μια στιγμή κι ύστερα είπε:
- Ετσι, λοιπόν. Και θέλω να πιστεύω στην εντιμότητά σου...
Ο Νίκος κούνησε το κεφάλι του κοκκινίζοντας. Κοιτάχτηκαν για μια στιγμή στα μάτια και έδωσαν τα χέρια. Κι όταν έκλεισε πίσω του η πόρτα, ο κ. Γαρύφαλλος αισθάνθηκε πως μια νέα περίοδος άρχιζε στη ζωή του, όχι τόσο με το εμπόριο και τα μετάξια, όσο μ' αυτό το δεκαοχτάχρονο παιδί.
Ο Νίκος αποδείχτηκε σπίρτο. Επαιρνε την τσάντα με τα μεταξωτά κάτω από τη μασχάλη και το τεφτεράκι με τους λογαριασμούς στο χέρι και γύριζε διάφορα σπίτια και μαγαζιά, που τον έστελνε το αφεντικό του συστημένο. Τα πρωινά έκανε μια βόλτα στα

Someone he knew introduced to him a young fellow who had been unemployed for a long time and was looking for a job. He was eighteen and his name was Nikos. Mister Garyfallos received him in his office.

"Have you ever worked as a salesman?"

"No," answered the youth hesitantly, "up to now I was working in construction. I have also worked in the fruit market for awhile."

He had a sweet, almost childlike voice that was starting to sound manly.

"It is not an easy job. You should not mind running around and should know how to convince and bargain and use all means to win over the customer."

"So far so good, as far as this goes!" said Nikos.

Mister Garyfallos opened two cupboards and presented the merchandise to him. Colourful and sparkling, it caught the eye of the young man immediately. Yellow and red covers with green side trim for flower stands; huge covers with lilac squares for couches; silk shirts and scarves with golden trim; coffee table covers with beautiful folk art designs, young shepherd girls and other ornaments.

Nikos was looking spellbound and his green eyes had a strange grace. Mister Garyfallos felt that slowly – slowly, something was tying him up with this young man.

"Well, then," he said in the end, putting the materials back into the cupboard, "I will give you 20 percent and I think you should be satisfied with it."

The youth thought for awhile, silently playing with his fingers. Mister Garyfallos hesitated for a moment, and then said, " Fine, then. And I want to believe in your honesty."

Nikos nodded with his head blushing. For a moment they looked at each other eye to eye and they shook hands. When he closed the door behind him Mister Garyfallos felt that a new era in his life was starting, not so much in terms of commerce and silks as in terms of his acquaintance with this eighteen year old boy.

Nikos proved to be really quick. With the briefcase under his arm, and the accounts book in his hand, he was going around to the various homes and stores where his boss had arranged appointments. In the morning he was going to commercial establishments

καταστήματα και τα γραφεία. Είχε πελάτες κάτι δικηγόρους μερακλήδες, υπάλληλους σε ξένες ασφαλιστικές εταιρείες, τον γραμματέα του "Φαρμακευτικού Συλλόγου", έναν ακόλουθο στο γιουγκοσλαβικό προξενείο. Τα μεσημέρια περνούσε από σπίτια που έπαιρναν με δόσεις. Αλλες κυρίες ήταν ευγενικές, ιδίως κάτι ξένες, άλλες ήταν τζαναμπέτισσες, και μάλιστα κάτι Σμυρνιές του έβγαζαν την ψυχή, ήθελαν να τον τυλίξουν ή καθυστερούσαν τα λεφτά. Με όλες όμως τα έβγαζε πέρα γιατί ήταν ατσίδα κι ομορφόπαιδο, όπου τα λόγια και η πραμάτεια δεν έπιαναν, εκεί ένα χαμόγελο τις έκοβε και μια αστραφτερή ματιά εκβίαζε την απόφαση. Ακόμα και πολλές υπηρέτριες ήταν πελάτισσές του, και με τα ερωτιάρικα μάτια τους έδειχναν πως ενδιαφέρονταν πιο πολύ για τον όμορφο πραματευτή και λιγότερο για την προίκα τους.

- Πολλές με κολλάνε, έλεγε ο Νίκος ένα απόγευμα στον κ. Γαρύφαλλο, καθώς πήγαιναν ν' αγοράσουν ένα σακάκι σπορ, μα εγώ κοιτάω τη δουλειά μου. Τις δίνω να καταλάβουν πως λάθεψαν την πόρτα...

Ο κ. Γαρύφαλλος τον κοίταξε τρυφερά. Μπήκαν σ' ένα μεγάλο εμπορικό ετοίμων ενδυμάτων, κι ο Νίκος φόρεσε ένα σακάκι και κοιτάχτηκε στον καθρέφτη. Του πήγαινε μια χαρά.

- Πως σας φαίνομαι, κύριε Γαρύφαλλε; ρώτησε λάμποντας ολόκληρος από αυτοπεποίθηση.

- Καλός, καλός. Ασε να σου το πληρώσω εγώ, κι εσύ αγοράζεις με τα λεφτά σου μια γκαμπαρντίνα.

Βγήκαν κι οι δύο πλημμυρισμένοι από μια ακαθόριστη αγαλλίαση. Το βράδυ στο γραφείο ήταν η πρώτη φορά που δεν ασχολήθηκαν μόνο με λογαριασμούς.

Με τον καιρό είχαν γίνει καλύτερα κι από φίλοι. Ο Νίκος είχε αφήσει και μουστακάκι, και του πήγαινε πολύ. Τα απογεύματα που γυρνούσε απ' τα τρεχάματα, έδινε στον κ. Γαρύφαλλο τις εισπράξεις της ημέρας κι ενημέρωναν μαζί τα βιβλία. Υστερα, σαν σκοτείνιαζε, κατέβαιναν στην παραλία κι έπαιρναν παγωτό στην "Αστόρια", επάνω στη βεράντα, ή πήγαιναν στη λέσχη ενός μουσικογυμναστικού συλλόγου κι έπαιζαν τάβλι ή σκάκι. Συχνά την άραζαν σε κανένα απόμερο ταβερνάκι με λίγες συντροφιές, ιδίως νέους, και κει ο Νίκος, με το πρώτο ποτηράκι, έρχονταν στο κέφι και σηκωνόταν και χόρευε ζεϊμπέκικο ή έλεγε ιστορίες απ' τη ζωή του.

and offices. His clients were some lawyers with good taste, employees of foreign insurance companies, the secretary of 'The Pharmaceutical Society' and even one attache of the Yugoslavian consulate. At lunch times he was passing from various homes to collect the instalments. Some ladies, especially foreigners, were very polite with him; others, especially some ladies from Smyrna, were difficult, and as they were trying to fool him and be late with their payments, they were spoiling his day. And yet with all of them Nikos was managing admirably because he was shrewd and handsome; and whenever sweet talk and merchandise were not enough, a fiery glance and a smile were forcing the buyer's decision. Also many domestics were his customers, and with amorous eyes were making it clear that they were more interested in the handsome salesman than in his merchandise or in their dowries.

"Many of them are after me," Nikos was saying to Mister Garyfallos one afternoon as they were going to buy a sport jacket, "but I am only interested in my work. I make them realize that they are knocking at the wrong door."

Mister Garyfallos looked at him tenderly. They entered a big clothing store and Nikos tried on a jacket and looked in the mirror. It was a perfect fit.

"How do I look, Mister Garyfallos?" he asked, radiating self-confidence.

"Good, good. Let me buy it for you and you can buy a trench coat with your money."

They came out of the store both feeling an undetermined sense of exultation. At night, in the office, it was the first time that they did not concern themselves exclusively with the accounts.

With time they became better than friends. Nikos had grown a little moustache that was suiting him perfectly. In the afternoons, when he was coming back from his daily runs, he was handing to Mister Garyfallos the takings of the day and together they were doing the bookkeeping.

Then, when it was getting dark, they would go to the waterfront for an ice cream on the veranda of 'Astoria', or they would go to the clubhouse of a musical-athletic society for backgammon and chess. Often they would end up in some out of the way tavern

Σιγά σιγά ο Νίκος άρχισε να πηγαίνει και στο σπίτι του κ. Γαρύφαλλου, ιδίως όταν η μάνα του Νίκου, που ξενόπλενε, τύχαινε να διανυκτερεύει σε μακρινά σπίτια. Κάθονταν ώρες τα βραδινά και συζητούσαν για διάφορα θέματα κι ο Νίκος άκουγε με απληστία και προσοχή. Αλλοτε πάλι τραγουδούσε, αρκετά καλά, ρεμπέτικα ή ξεφύλλιζε τις χρωματιστές εκδόσεις των μεγάλων ζωγράφων, που αγόραζε ο κ. Γαρύφαλλος. Οταν δεν έτρωγαν έξω, ο Νίκος ζώνονταν μια ποδιά και τηγάνιζε τίποτα πρόχειρο, αν και τα κατάφερνε και με πιο δύσκολα φαγητά.

Σε όλα ο Νίκος ήταν αποκάλυψη.

Ενα απόγευμα, εκεί που ο Νίκος ετοίμαζε νερό για το μπάνιο, γύρισε ξαφνικά στον κ. Γαρύφαλλο:

- Απόψε θα μ' αφήσεις να πάω με τους φίλους μου να παίξω χαρτιά; Μου κάνουν παράπονα πως από τότε που ήρθα μαζί σου, ξέκοψα απ' όλους...

- Ο κ. Γαρύφαλλος ταράχτηκε. Κάτι σα να ράγισε μέσα του.

Το βράδυ τον περίμενε άγρυπνος. Ο Νίκος γύρισε μεσάνυχτα. Ηταν λίγο πιωμένος και μελαγχολικός.

- Εχασα τα μισά λεφτά μου στα χαρτιά, είπε με απόγνωση.

Το ίδιο έγινε κι άλλα βράδια. Σε λίγο καιρό ο Νίκος έχασε όλα τα λεφτά του. Εκείνη η λέσχη του μουσικογυμναστικού συλλόγου τον είχε χαλάσει.

- Νίκο, δεν μ' αρέσουν αυτά, τόλμησε να του πει μια φορά. Μα η κουβέντα έμεινε ως εκεί.

Ενα βράδυ του ζήτησε το κλειδί του γραφείου.

- Κουράστηκα τόσον καιρό χωρίς γυναίκα, είπε ο Νίκος με μάτια τρυφερά, για να κερδίσει τη συγκατάθεση. Βρήκα μια μικρούλα που μού 'πεσε λαχείο. Θά 'ταν κρίμα να τη χάσω.

Το κλειδί δεν ξαναγύρισε στα χέρια του κ. Γαρύφαλλου. Αναγκάστηκε να κάνει δεύτερο. Το γραφείο δεν ήταν πια μόνο γραφείο. Και η δουλειά πήγαινε όλο και στο χειρότερο. Είχαν βάλει χέρι και στη σερμαγιά. Οι εισπράξεις από τα τελευταία

Ενα απόγευμα μάλωσε με τη σπιτονοικοκυρά του. Του ζητούσε αύξηση και τού 'κανε υπαινιγμούς. Το ίδιο βράδυ, καθώς ο Νίκος έσιαζε το βαλιτσάκι του ταχτοποιώντας κάτι πράγματα, ο κ. Γαρύφαλλος, που δεν είχε συνέλθει ακόμα από την απογευματινή ταραχή, έκλεισε το βιβλίο που ξεφύλλιζε νευρικά και είπε:

- Νίκο, τί γίνονται τα λεφτά από τα τραπεζομάντιλα;

with select company, mainly young people, and there Nikos after one drink would become so animated that he would dance the zeibekiko dance or narrate stories from his life experiences.

After awhile Nikos started going to Mister Garyfallos' home, especially when Nikos' mother, a day-washerwoman, had to work in the suburbs and would arrange with her employer to stay over for the night. During these nights they would sit down together discussing all kinds of things and Nikos would be an avid and careful listener. At other times Nikos, who had quite a voice, sang rebetico songs as he was going through the big colourful coffee table books with the works of great painters that Mr. Garyfallos liked to buy. When they were not eating out, Nikos was putting on an apron and frying something offhandedly, though he was quite a gourmet even with difficult dishes.

All and all Nikos was a startling revelation.

One afternoon, while Nikos was preparing water for a bath, he suddenly turned around and said to Mister Garyfallos.

"Tonight will you let me go and play cards with my friends? They complain that since we are together I don't see them at all."

Mister Garyfallos was startled, as if something broke inside him. At night he was waiting for him, sleepless. Nikos came back at midnight. He had been drinking and was morose.

"I've lost half of my money in the card game", he said with desperation.

The same thing happened other nights. Before long Nikos had lost all his money. This club was turning out to be quite a bad influence on him.

"Niko, I don't like what is happening," Mister Garyfallos dared to say once, but the discussion did not go any further.

One night Nikos asked him for the keys to the office.

"I've got tired of being without a woman for such a long time," he said with eyes full of tenderness in order to gain consent. I've found a girl and it would be a pity to lose such a prize."

The key never returned to Mister Garyfallos' hands. He was forced to cut a new one. The office was not only an office any longer and business was going from bad to worse. They started withdrawing money from the initial capital. Money from the latest sales of tablecloths never reached Mister Garyfallos' hands.

Ο Νίκος ψαλίδιζε το μουστάκι του μπροστά στον καθρέφτη.
- Νίκο, γιατί δεν απαντάς; Το ξέρεις πως με κατάστρεψες;
Σηκώθηκε και πήγε κοντά του ταραγμένος.
- Γιατί, Νίκο, άλλαξες τόσο πολύ τον τελευταίο καιρό; Όταν ήρθες, ήσουν ακόμα ένα αδιάφθορο αγόρι. Πως άλλαξες έτσι, πως θόλωσε το μάτι σου για γυναίκες και λεφτά! Κι εγώ ο καημένος έλπιζα τόσο σε σένα...
Ο Νίκος δεν μιλούσε. Ντύνονταν σιωπηλά κι έκανε μπόγο τα πράγματά του. Άνοιξε τη ντουλάπα, πήρε τη γκαμπαρντίνα του, κι ύστερα γύρισε στον κ. Γαρύφαλλο:
- Γιατί παραπονιέσαι; Δεν μπορούσα μια ολόκληρη ζωή να τη φάω μαζί σου. Κουράστηκα, καταλαβαίνεις; Είπα, όχι άλλο πια. Και στο κάτω κάτω, ποιος άλλος σαν και μένα σού 'δειξε τόση αγάπη -να σε σκουπίζει, να σε σφουγγαρίζει, να σε μαγειρεύει, να σου ταχτοποιεί τα βιβλία και να σου κάνει όλα τα κέφια; Είσαι αχάριστος αν νομίζεις πως σε απάτησα. Και τα λεφτά που σου τράβηξα τον τελευταίο καιρό, μόλις βρω καμιά δουλειά, θα σ' τά γυρίσω...
Άνοιξε την πόρτα βιαστικά και τα βήματά του ακούστηκαν στο καλντερίμι.
Ύστερα από τη χρεοκοπία, ο κ.Γαρύφαλλος ξαναγύρισε πάλι, καταπικραμένος, στην πρώτη του ζωή. Ξανάσκυψε στο δοκίμιο για τον Γληνό κι ο γέρος δεν άντεξε και τού 'στελνε πότε πότε λίγα λεφτά.
Πέρασε έτσι κάμποσος καιρός. Ένα απόγευμα, ένα δυνατό χτύπημα ακούστηκε στην πόρτα. Ήταν ένας αστυνομικός.
Κατέβηκε και άνοιξε με σφιγμένη καρδιά.
- Δεν ήθελα να σας ανησυχήσω, είπε με διακριτικότητα το όργανο της τάξεως. Ήθελα μονάχα να σας ζητήσω μερικές πληροφορίες για κάποιον Βλασταρά Νικόλαο...
Κάτι σκίρτησε μέσα του. Τι έτρεχε με τον Νίκο;
- Ξέρετε, έκανε αίτηση να καταταγεί εθελοντής και, επειδή μας ανέφερε πως είσαστε εργοδότης του, πέρασα να σας ρωτήσω για τη διαγωγή και το ποιόν του...
Ο κ. Γαρύφαλλος άκουγε σα χαμένος. Μέσα του ξύπνησε όλη του η πίκρα. Θυμήθηκε με τι τρόπο τον παράτησε και τον έκανε να χρεοκοπήσει. «Τώρα θα σε κανονίσω», έκανε από μέσα του. «Με κατάκλεψες, μού 'κλεισες την επιχείρηση, τον τελευταίο καιρό μου φερόσουνα σαν εκβιαστής, αυτό ήταν το ευχαριστώ για την

One night Mister Garyfallos had a big argument with his landlady. She wanted to increase the rent and started dropping some hints. The same night, as Nikos was tidying up some things in his small suitcase, Mister Garyfallos, who had not recovered yet from the tribulations of the afternoon, nervously put down the book he was leafing through and said:

"Nikos, what happened to the money from the tablecloths?"

Nikos started trimming his moustache in front of the mirror.

"Nikos, why don't you answer me? Do you realize that you have destroyed me?" He got up and went near him really disturbed.

"Nikos, why have you changed so much lately? When you first came here you were an incorruptible boy. How could you become so different, how can women and money cloud up your mind? And poor me, I had so many high hopes for you."

Nikos did not respond. He was getting dressed silently and then started gathering up his belongings into a bundle. He opened the cupboard, took out his trench coat and then turned to Mister Garyfallos.

"Why are you complaining? I could not have wasted my whole life with you. Do you understand? I have got tired. I said to myself enough is enough. And in the final analysis who, except me, has ever shown you so much love. To clean and cook for you, to tidy up your books and to satisfy your every wish? You are ungrateful if you think that I deceived you. And as for the money I pulled out of the cash lately, I will return it to you as soon as I find a job."

He opened the door hastily and his footsteps sounded out on the cobbled road.

After his bankruptcy, Mister Garyfallos, very hurt, returned to his previous life style. Once more he restarted his study on Ghlenos and his old man soon mellowed and once more began sending him some money every so often.

A long time went by, but one afternoon there was some heavy knocking on the door. It was a policeman.

"I did not want to bother you," the lawman said tactfully. "I just want some information regarding a Nikos Vlastaras."

His heart jumped. Was Nikos okay?

καλοσύνη και την αγάπη που σού 'δειξα...».

Εκανε να ανοίξει το στόμα του, μα κόπηκε. Τί πήγαινε να κάνει; Θα χαντάκωνε τον άνθρωπο που του είχε χαρίσει πέντε μήνες ευτυχισμένη ζωή; Ηταν σωστό να μνησικακεί για το ελεεινό τέλος της αγάπης τους, αντί να τον ευγνωμονεί για την τόση αγάπη που τού 'χε χαρίσει; Τον αναπόλησε μπροστά στον καθρέφτη να χτενίζεται ή ανασκουμπωμένος να σφουγγαρίζει το πάτωμα, ή να ξεφυλλίζει με απορία τους μοντέρνους ζωγράφους, έφερε στον νου του τα βράδια που χόρευε λεβέντικα στην ταβέρνα, τα δειλινά που ανέβαιναν στα κάστρα και τού 'δειχνε κάτω τη Θεσσαλονίκη, τα σοκάκια που έπαιρναν μισομεθυσμένοι...

Πρόκειται για αξιόλογο παιδί, είπε στο τέλος. είναι φιλότιμος και εργατικός. Μισό χρόνο που τον είχα στη δουλειά μου, δεν είχα κανένα παράπονο απ' αυτόν...

Δίστασε λίγο και μετά πρόσθεσε:

- Σας βεβαιώνω, είναι ό,τι χρειάζεται γι' αυτό που τον θέλετε...

"You know, he submitted an application to enlist in the force as a volunteer, and since he mentioned that you were his employer, I passed by to ask you about his behaviour, his character."

Mister Garyfallos was listening quite dazed. Inside him a bitterness had awakened. He remembered the manner in which Nikos had forsaken him after he first led him to bankruptcy. "Now I will fix you," he thought, "You robbed me, you destroyed my company, you treated me like a blackmailer at the end and all this to thank me for the goodness and the love I extended to you."

He tried to speak but his throat ran dry. What was he going to do? Would he allow himself to destroy the man who had given him five months of happy life? Was it right to resent him because of the miserable end of their relation, instead of being thankful for the love he had given him? He brought Nikos' image into his mind, combing himself in front of the mirror, or sponging up the floor with his sleeves rolled up, or leafing through the modern painters' book with a puzzled look; he recalled the nights that he was dancing proudly, the sunsets that they were going to the castles and he was showing him Thessaloniki, the back streets they were taking half-drunk.

"He is indeed a very worthy person," he said at the end. "He is honest and hard working. During the six months he was working for me I did not have any complaint."

He hesitated for a while and then added...

"I assure you, officer, he is precisely the kind of young man the force is looking for."

Ανταπόκριση

Ένα πρωί ξύπνησα με πολύ κέφι. Βγήκα στο μπαλκόνι του κήπου κι έριξα μια ματιά στα δέντρα. Χωρίς να το καταλάβω, άρχισα να τραγουδώ ένα παλιό ρεμπέτικο - άλλωστε έλλειπε η νοικοκυρά μου που δεν της άρεζαν τα τραγούδια αυτά. «Κυρά-Ευθαλία, ποιος τραγουδάει», άκουσα μια ανδρική φωνή απ' το απέναντι σπίτι που το έκρυβαν τα δέντρα του κήπου μας. «Θα είναι ο νέος γείτονας», απάντησε μια γυναικεία μπάσα φωνή, το πρακτορείο της γειτονιάς. «Μωρέ μπράβο του!», ξανάπε ο άντρας ευχαριστημένος. Μόλις σταμάτησα, ακούω από απέναντι ένα βαρύ ζεϊμπέκικο στο κασετόφωνο. Πολύ το ευφράνθηκα, κι έλεγα από μέσα μου να μη σταματούσε ποτέ. Μα τι κρίμα, γρήγορα σταμάτησε, και τότε σκέφτηκα να τραγουδήσω κάτι εγώ. Μερακλωμένος, έπιασα ένα τραγούδι της φυλακής. Μόλις τέλειωσα, ξανά το κασετόφωνο του γείτονα. Αυτή τη φορά, έβαλε δύο τραγούδια, απ' τα πιο σεβνταλίδικα. Άρχισα να ξελιγώνομαι. «Τώρα θα σου δείξω εγώ», είπα μέσα μου, και μόλις σώπασε το κασετόφωνο, άρχισα ένα χασικλίδικο. Αυτό ήταν: ο γείτονας δε βάσταξε, πριν καλά τελειώσω, άνοιξε το κασετόφωνο στη διαπασών κι αμέσως πλημμύρισε η γειτονιά Τσιτσάνη, Βαμβακάρη, Παπαϊωάννου. Τότε κι εγώ, διπλά φτιαγμένος απ' την πρωινή αυτή ανταπόκριση, ντύθηκα και τράβηξα για τη δουλειά μου.

Reciprocation

One morning I woke up in a very good mood. I came out on the balcony overlooking the garden and glanced at the trees. Without realizing it, I began singing an old rebetico song, besides, my landlady who does not like these songs was absent.

"Mrs. Euthalia, who is singing?" I heard a man's voice across the street coming from the house that is almost fully covered by the trees.

"It must be the new neighbour," answered the bass voice of the woman, the blabbermouth of the neighbourhood.

"That a boy! Bravo!" retorted the man, very satisfied.

As soon as I stopped I heard a heavy zeibekiko coming from a cassette recorder across the street. I enjoyed it tremendously and I was wishing silently for it never to end! But what a pity, it soon finished, and then I decided to sing something more myself. In a merry mood I sang a song of the jail.

As soon as I finished I heard once again the cassette recorder of the neighbour. This time he played two very selective love songs. I felt a hunger. 'Now I will show you,' I said inside me and as soon as the cassette recorder stopped, I started one of the 'hashish' songs.

That was it: the neighbour could not contain himself any longer and blasted his cassette recorder. The whole neighbourhood was flooded with songs of Tsitsanis, Vamvakaris and Papaioannou. And me, doubly fixed from this morning's reciprocation, got dressed and started off to work.

Dinos Christianopoulos

The author is one of the outstanding poets of the twentieth century. Born in 1931 and educated in Thessaloniki, Dinos Christianopoulos maintains an ongoing tie to his native city. A fiercely independent personality, he refuses to accept awards and grants believing them to be demeaning to the integrity of the literary personality. He cherishes human individuality as taking precedence over any ideological stance. His publications include poetry, history, cultural and folkloric studies, and translation as well as short stories.

Michael Vitopoulos

Born in Kavala, Greece, Michael Vitopoulos emigrated to Canada in 1970. He pursued university studies in education, philosophy and applied linguistics in Toronto.
   Currently Michael teaches Greek language and literature at York University. His previous publications include books of poetry, plays and works on education of Canadian minorities. His latest theatrical work received first prize in an all state student theatre competition held in Greece in 1993.